想いであずかり処
にじや質店

片島麦子

ポプラ文庫

目次

てのひらの鍵

ほんとうにここであっているのだろうか。

間宮《まみや》いろははは自信なげに右手の小さな名刺に視線を落とす。はじめての場所で、しかも店名はそこに書かれたものと今夜だけは違っているという奇妙な店の名刺を見て、不安にならないというほうがおかしかった。

今夜だけ。

いろはは夜空を祈るように仰ぐ。

まんまるく光るお月さま。雲に隠れて少しかすんでいるけれど間違いない、今夜は満月だ。

ちゃんと自分でも調べてきた。だから自信を持っていけばいい。そうは思っても、目指す店はあかりの灯っている気配はなく、ひっそりと夜に沈んでいるように見えた。まさか閉まっているのか、それとも……。

かかっていた薄雲が消え、満月がくっきりと姿を現した。と、それまで暗かった周囲がほんのりと明るくなり、建物全体のシルエットが見えてくる。二階建てのビルほどの大きさの古めかしい白漆喰《しっくい》の建物は、一見したところ何の店か判らない。そこだけタイムスリップしたような重厚な雰囲気にいろはは一瞬ひるんだ。

月の光がだんだん増してくる。すると、店先にかかった紺地ののれんの白い文字がふいに浮かびあがり、目に飛び込んできた。


にじや。


流れるような筆運びのひらがな三文字。どういう意味なのか判らないが、この店の名前に違いない。いろははほっとした。やさしいひらがな三文字の佇《たたず》まいに心のどこかが緩むように感じながら、ひき寄せられるように足を踏みだした。

近くまでいくと、堅牢なつくりの両開きの墨《すみ》色の扉が開け放された形で壁に沿ってあった。こちらは現在は使われていない様子で、実際の入り口はそこより少し奥まったところにある格子戸《こうしど》のほうらしかった。のれんをくぐり、格子の四角いガラスの部分から中を覗こうとするがうまく見えない。

いろはは軽く手をかけてからひと呼吸置いた。

約束どおりあの人はいるだろうか。たった一度、それもほんの数分間交わした会話の大半をいろはは黙って聞いていただけだった。一方的にあの人がしゃべっているのを聞かされていただけともいえる。けれども押しつけがましい気はしなかった。

むしろ、誠実そうな人に見えた。だからその言葉を信じてここまでやってきたのだ。あの時の自分の感覚が正しかったのかどうか、ほんとうのところ自信はない。ともかく店はこうして存在し、いろはを迎えいれようとしてくれている。たぶんだけど。

とりあえず中に入って確かめるしかない。そう決心すると、いろはは思いきって格子戸を引いた。何となく重い手ごたえを想像していたけれど、案外するすると戸は開いた。時代物らしい建物の外観から自然とそんな風に連想してしまっていたようだ。それにしてもこの建物はいったい何なのだろう。

「あの……すみません」

いろはは小さく声をかけた。店の中には誰もいない。照明も足もとを照らす役目のステンドグラスのランプがいくつか床に置いてあるだけで、天井の太い梁《はり》からぶらさがった本来のライトは点《つ》いていなかった。消えた照明の下、テーブルや椅子、奥にカウンターらしきものがあるのがぼんやりと見える。こちらがふだん営業しているという名刺にあるほうのカフェの空間なのだろうといろはは見当をつけた。

「こんばんは」

今度はもう少し大きな声を出した。高い天井に声が響く。のれんもかかっていて、店の入り口も開いていたのだから、さすがに誰もいないということはないだろう。

「どうぞ、そのまま奥へ」

するとと遠くから男の人の声が聞こえてきた。

あの人だろうか。

いろはは少し考えたが、どちらとも判別できなかった。似ているような気もするし、似ていないような気もする。首をかしげながら声のするほうへ目を向けると、カウンターの横を通り過ぎた向こう側からわずかに光が漏れているのを見つけた。どうやら奥にもうひとつ部屋があるらしかった。思ったよりも奥ゆきがありそうだと思うものの、極端に照明を落とした店内では建物全体の見取り図を思い描くのは困難だった。

ステンドグラスのさまざまな色の光がこぼれ落ちる幻想的な床の上を慎重に歩いて進む。奥の小部屋までたいした距離ではない筈なのに、少しずつ別の世界に足を踏みいれていくような不思議な錯覚を起こした。ここにきたもともとの目的をつい忘れそうになってしまう。

声の主は小部屋の中央にあるテーブルの前に立っていた。若いけれどいろはよりは年上だった。二十代半ばくらいの落ち着いた雰囲気の青年は、けれど、いろはが会いにきた人物ではなかった。

「いい満月ですね」

いらっしゃいませ、とか、ようこそ、とか、お店の常套句《じょうとうく》のような台詞《せりふ》は口にせず、青年はさらりと云った。

「えっ、そそ、そうですね」

必要以上に焦ったような反応をしてしまい、いろはは頬を赤らめた。その様子を青年は慣れない場所での緊張と受けとったのだろう、わずかにほほえんで椅子を勧め、自らも向かいに腰かけた。

「……ありがとうございます」

恥ずかしそうに小声で答え、素直に腰かける。一度座って落ち着く必要があると思ったからだ。

いろはの頭の中は軽いパニックを起こしていた。特にさっきの「いい満月ですね」というあの言葉を耳にした途端、それはなぜか「月がきれいですね」という言葉に変換され、脳内を駆けめぐった。ついこの間大学のクラスメイトの話題にのぼったその言葉は、かの夏目《なつめ》漱石《そうせき》が英語教師をしていた頃、愛の告白の一文を和訳した時に使われたロマンチックな表現として有名な逸話《いつわ》だった。そんな台詞を初対面の自分に云う訳がないと判っているのに、思わず動揺してしまった自分が恥ずかしかった。

ここは満月の夜にのみ開く店なのだから、そういう挨拶だとしても全然おかしくないじゃないの。

いろはは自分に云い聞かせながら、そんなことよりもこれから自分はどうするべきか冷静に考えなければ、と思った。ここにあの人がいないということはやっぱり騙されたということなんだろう。それとも目の前のこの人に訊いてみるべきか。もしそんな人物は知らないと答えられたら、さらに恥ずかしい思いをすることになりかねない。座ったはいいが、なかなか次の行動を決められないいろはだった。

「あの……」

それでも一応確かめようと思いきって口を開く。

「はい？」

「ここのお店はひとりでやってるんですか？」

「そうです。ぼく、ひとりです」

簡潔な答えが返ってきて、いろはは気づかれないように肩を落とした。遠まわしな訊きかたではあるけれど、これではっきりした。貸したものは返らない。だったらもう、この場所にいろはがいる意味はなくなったということだ。

落胆を隠しつつお尻を浮かせようとしたいろはに店主が促す。

「では、願いをどうぞ」

「え」

「あなたが叶えたい願いごとですよ」

当然のように、どちらかといえばたんたんとした口調で店主は続けた。客に間違えられているらしいことはいろはにも判ったが、「願いごと」と云われて思いだした。そういえばあの人もそんなことを云っていたっけ。お礼に願いごとを叶えます、と。その時はどういう意味か判らずてきとうに聞き流してしまっていたけれど、もしかしてこの店がそうなのか。でも。

「願いごとって……」

つい口に出していた。

いろはは困って店主の顔を見つめた。色素の薄い瞳がこちらを静かに見返している。はしばみ色というのだろうか、けっして明るくはない店内で、その青年の瞳は不思議な色の光を放っていた。表情が読みとれないぶん、いろはは焦った。何か云わなければいけないような気がして、だけど何を云えばいいのか見当もつかない。

期待されたものを差しだすのは昔から苦手だった。それにこの人は何もわたしに期待なんてしていないだろう、といろはは思い直す。ただ待っているだけだ。でも黙って待たれることがこんなに苦痛だとは知らなかった。

「ひとり暮らしをはじめたばかりなので、お金は必要なんですけど……」

沈黙に耐えかねて、いろはは現状で一番気がかりなことを挙げてみた。いろはが入学した大学は美術系なので画材費などいろいろお金がかかる。それに生まれてはじめてのひとり暮らし。ほしいものだってあるし、切実な問題には違いなかった。

「おもしろいことを云いますね。ここがふつうの質屋だったらすぐにでも用立ててしてあげられるのですが」

店主は少々皮肉まじりに、でもどこかおもしろそうに云った。どうも冗談だと受けとられてしまったようだ。

ふつうの質屋、と云われても、いろはにはいまいちぴんとこなかった。ではここはふつうじゃない質屋ということか。質屋という単語自体、いろはの年代にはなじみがない。物をあずけてお金を借りるところ、というのがかろうじて判るくらいだった。

願いを叶える質屋ってこと？　それってどういう意味なんだろう？　占いみたい

なもの？

疑問がぐるぐると頭の中でまわっている。少しでも状況を把握しようといろははは部屋をこっそりと観察した。壁にあるつくりつけの棚には骨董品《こっとうひん》的な品々が置いてある。飾ってあるというよりは無秩序に保管してあるという感じの並べかただ。その棚と中央でふたりが座っているアンティーク調のテーブルと椅子、そして店主のすぐ右後方に置かれたひとり暮らし用の冷蔵庫くらいの大きさの木箱らしきもの、それ以外は何もない簡素な部屋だった。

いろはは明らかに他の品々とは別の目的で置かれているらしい店主の背後の箱にちらりと目をやった。あまりじろじろと見るのははばかられるが、木目を生かした箱にはうつくしい金色の蒔絵《まきえ》が施されており、つい目を奪われてしまったのだ。

蒔絵とはうるし工芸の絵付け技法のひとつで、うるしで描いた文様《もんよう》が乾く前に金・銀・錫《すず》などの金属の粉や色粉を蒔いて定着させるやりかただ。いろはも知識としては知っていたが実際にやったことはなく、それ以上の細かい工程については判らなかった。箱に描かれた文様についても、店主の身体で隠れていて何の絵なのかよく見えなかった。

「ここで叶えられるのは、心から求めている願いだけですよ」

「心から……」

まだぼんやりと箱のほうに視線を投げかけたまま、いろははくり返した。

「あ」

ふいに小さく声をあげ、いろはは持っていた自分のかばんに右手をつっ込んだ。しばらくごそごそとやったのち、とり出したのはキーホルダーだった。いくつかある鍵から選んだのはその中でも目立たない一番小さな鍵だ。それをキーホルダーからはずし、てのひらにのせる。

「だったらこれを。これが何の鍵なのか、知りたいんです」


どうして咄嗟《とっさ》に思いついたとはいえ、この鍵を見せてしまったのか、驚いたのはいろはは自身だった。これまで誰かに見せたこともなければ、話したこともない。父親にさえうち明けたことがないのだ。なのにいろはは鍵の事情についてこれから話そうとしている。それも会ったばかりのよく知らない男の人に。

鍵は亡くなった母親からあずかったものだった。ふたりだけの秘密だと云って。

母が死んだのは、いろはが六歳の時だった。もう十三年も前のことだ。小学校にあがる前の冬だったと記憶している。若くして乳《にゅう》がんを患った母は入退院をくり返し、死期が迫ったのを悟ったのか、ある日、病院のベッドで小さな鍵をいろはに手渡した。

「この鍵はいろはが大事に持っていてね。このことは誰にも云っちゃ駄目よ。もちろん、お父さんにも。お母さんと、いろはの、ふたりだけの秘密」

あの時自分がどういう風に母の言葉を受けとめたのか、時が流れるにつれていろはははだんだん思いだせなくなっていた。ただ自分が幼いながらも真剣な顔でこっくりと頷いたことだけは覚えている。これは絶対に破っちゃいけない約束なんだと、それだけは頭にすり込んで今日まできた筈だった。だけど心の奥底では、この鍵が何の鍵なのか知りたいという気持ちは常にあった。母が自分にあずけたのも、ほんとうはいつか娘が大きくなって、鍵を開けてくれるのをどこかで願っていたんじゃないかと考える時もあった。でも、そんなことを考えだしたのは最近になってからだ。母がわざわざ自分に鍵をあずけた、その意味を大人に近づいたいろははつい考えてしまう。

だからこんな風に秘密をしゃべってしまったんだろうか。

かいつまんで店主に説明している自分の声を他人のもののように聞きながら、いろはは考えていた。そして当時の母の気持ちをあれこれ想像するのは単なる憶測《おくそく》に過ぎないと自嘲《じちょう》する。何かしらと理由をつけて約束を破った云い訳をする自分は見苦しい。ただ単純に知りたい、それだけだ。現在の家族との微妙な関係から逃げるように実家を出てひとり暮らしをはじめた自分が、このタイミングで何か区切りをつけたがっているということにいろはは気づいた。

「じゃあこれは、あなたが守ってきたお母さんとの大切な秘密の鍵なんですね」

「はい。でも、今ばらしちゃいましたけど」

若干の後悔と罪悪感でいろはは答えた。

「そうかもしれませんが、十三年間ですよ。秘密の約束を守り続けるのに、けっして短い時間ではないとぼくは思います」

その言葉には店主の青年の実感がこもっているように聞こえて、いろははふっと心が軽くなる気がした。この店が万が一怪しげな占いまがいの店だとしても、この話ができてよかったと思う。

「では願いはこれでいいとして。質草《しちぐさ》としてその鍵をあずかる訳にもいかないから、他に何かないですか？　お母さんとの想いでのあるものなら何でもかまいませんよ」

「あ、はい」

いろはが考えている間、店主は上半身をねじるようにしてうしろを向き、蒔絵の箱の観音開きの扉を開いて中から何かとり出した。出してきたのは木札で、そこに丁寧な字でいろはの願いをしたためはじめる。

「これでもいいですか？　母の形見なんです」

自分の髪につけていたスズランの形をしたシルバーの髪留めをいろはが差しだすと、店主は頷いて受けとり、願いと同様に木札に記した。髪留めは大人っぽいデザインなので近頃つけはじめるようになったのだが、母はこれを放射線治療で抜けた髪を隠すためのウィッグにとめていた。そんなつらい時でも自分で工夫しておしゃれしてみせるような、きれいなもの、うつくしいものを愛する人だったのだ。母の名前は鈴花《すずか》といい、スズランは自分の花だとよく云っていた。だからこの髪留めも気に入っていつもつけていたように思う。

「あの、これって返してもらえるんですよね？」

ふと心配になり訊いてみた。

「ええ、もちろん。質草ですから願いが叶えばお返しします。いただくのは利息のほうです」

「利息？」

そんなものがあるのかと一瞬いろはは身構える。

「代償、と云ってもいいかもしれませんね。願いをひとつ叶える代わりに、あなたにとって今現在大切なものをひとつ失う。何の犠牲も払わずに願いを叶えようなんて虫がいい話ですからね。ここは願いを叶える質屋であって、神社やお寺じゃないんです。いただくものはいただきますよ」

あいかわらずたんたんとした口調だが、いろははそれを聞いて少しこわくなった。けれども母の形見のスズランの髪留めはすでに店主の手にあり、やっぱりやめたと強引に奪い返すのもためらわれた。あの人もおらず、母との約束もうっかり破り、このまま何が起こるか見届けずに逃げ帰れば、残るのは騙された悔しさと罪悪感からくる後悔の念だけだろう。そんなことになるくらいなら、いっそ……。

「だったら、ある人に貸したものが返らなくてもいいことにします」

どうせもう会うこともないだろう。今ここにあの人がいないことですでに証明済みだ。貸したものは今の自分にとって必要なものだけど、それならそれで二度と返らないときっぱりあきらめてしまったほうがいいと考えたのだ。

「具体的には？」

「云いたくありません」

騙されただけでも恥ずかしいのに、そのうえ自分を客だと勘違いしているこの人にまで正直に話してしまうのは恥の上塗りだった。

ふうん、とため息のような息を漏らして店主はあごに指をあてた。何事か考えている様子の彼はあの独特の色を湛《たた》えた瞳でいろはをじっと見つめた。

試されている。

何を試されているのか判らなかったけれど、いろはは直感的にそう思った。そしてここで目をそらしてはいけないと思い、負けずに店主をじっと見つめ返した。

「まあ、いいです。でも、特別ですよ」

店主は少し考えてからそう云って、続けて利息を書いた木札をいろはに渡した。

「これは質札です。願いが叶う時はこの札が教えてくれる筈ですから、肌身離さず持っていてください」

「願いが……叶ったら？」

「どうぞまたこちらへいらしてください。といっても、にじや質店は満月の夜しか開いていないので、次にこられる時はカフェ虹《にじ》夜《や》鳥《どり》のほうへ。おいしいコーヒーを淹れてお待ちしてますよ」

店主はいろはが持っていた名刺にあるほうの店名を告げ、にこやかに笑った。

＊

大学に入学してから一度も帰っていなかった実家の前に立つと、たかが二ヶ月ぶりのことなのにいろはは少し緊張してきた。家族の前でかぶっていた仮面を心の中で準備するより先に、玄関のドアが勢いよく開いて繭子《まゆこ》さんが顔を出す。

「あ、やっぱり。音がしたからいろはちゃんだと思ったのよー」

家の中にいるみんなにも聞こえるように、繭子さんが大きな声で云った。

「いろはちゃん、おかえり」

「……ただいま、繭子さん」

はずむ声で自分を出迎えてくれた繭子さんに向かって、いろはは動揺を隠しながら云った。

「ね、はやくあがって。未知雄《みちお》さんも春《しゅん》もいろはちゃんが帰ってくるの、楽しみに待ってたのよ」

「あ、うん」

エプロンをつけた繭子さんは色白の丸顔にやさしい笑顔を浮かべ、いろはが靴を脱ぐのをうれしそうに見ている。

「おかーさん！　なんか焦げ臭いけどー」

高い声でパタパタとスリッパを鳴らしながら春が走ってきた。

「あら、大変」

全然大変じゃなさそうに繭子さんは云い、入れ違いにキッチンのほうにもどっていく。

「お姉ちゃん、おかえり」

さすがに小学四年生の男の子なので抱きついてくることはなかったが、春はひさしぶりに会う姉の顔を見てにこにこと笑った。

「ただいま、春」

いろはも自然に笑い返し、玄関にあがると同時に軽くぽんっと頭を叩いた。

「背、伸びた？」

「牛乳飲んでるよ」

「コーヒー牛乳でしょ」

「牛乳は牛乳だよ」

生意気に口を尖らせている。

春は繭子さんに似たのか、あまり背が高くない。クラスでも真ん中より前のほうらしい。それを気にしているのを周囲は知っているので、みんなから牛乳を飲めとアドバイスされるのだ。けれど本人曰く、牛乳はおなかを壊しちゃう、らしく、コーヒー牛乳なら全然平気、という訳で甘いコーヒー牛乳を飲み続けている。おなか云々という理由よりも、単に味の好みの問題なのではないかといろはは思うのだが、春は頑固でなかなか認めようとしないのだった。

こんな風にからかったり、触れたりできるのはこの家で春だけだ。いろはは繭子さんに触れない。子どもの頃からずっとそうだった。繭子さんのほうから触られた記憶はあるけれど、自分からそうしようと思ったことがなかった。

いや、正確に云えば、もう少しで触れそうになった瞬間は一度だけ、あった。

母が亡くなり、三年経って父は繭子さんと再婚した。

繭子さんはいい人だった。それは今も昔も変わらない。いい人で、エプロンの似合う家庭的な雰囲気を持っていた。ちょっと抜けたところもあるけれど、そういうところも幼いいろはに変な警戒心を抱かせずにすむ相手だったと思っている。でもどうして父が繭子さんを選び、そして三人で暮らさないといけなくなったのか、いろはには判らなかった。手の届かない場所にいるけれど、いろはにとって母親はちゃんと「いる」存在で、さびしいからといって代わりがきくようなものではなかったからだ。

だから父が再婚したことを心のどこかで許せていない自分がいることにも気づいていた。たった三年しか経っていないのに、父にとって母はもはやいない存在になってしまったのかと考えると、腹だたしく、やるせない気持ちになった。父と繭子さんが仲よさそうにしているのを目にすると訳もなく泣きたくなった。いろははどうしていいのか判らなかったのだ。

けれどもそのことで父を責めようとはしなかった。母の死後、父も自分と同じように傷つき、疲れていた。父が心に開いた穴を繭子さんで埋めようとしているのだとしたら、自分に邪魔をする権利はないと思ったからだ。いろはは父に心配をかけないように、いい子でいることを選んだ。

三人の生活が一年過ぎた頃、いろはもやっと繭子さんが家にいるのがあたり前に思えてきた。今よりもふっくらとしていた繭子さんの顔や腕はつきたてのおもちのように白くやわらかそうに見えた。生きている者の安定感がそこにはあった。

もしかしたらこの人はずっとわたしのそばにいてくれるのだろうか、突然消えたりしないだろうか、そうしたらわたしはいつかこの人を「お母さん」と呼んだりするんだろうか、いろはの中でそんな思いが芽ばえはじめていた。うまく表現できないけれど、目の前のものを信じてもいいのかもしれないと感じた瞬間だったように思う。

藺子さんに気づかれないようにいろはそろそろと右手を伸ばした。もう少しで触れそうになった時、唐突に妊娠していることを告げられた。

「あのね、いろはちゃん、驚かないで聞いてね。わたしのおなかに今、赤ちゃんがいるんだ。男の子だって。春には産まれる予定なの。いろはちゃん、弟ができるんだよ。お姉ちゃんになるんだよ」

少し照れたように、けれどもうれしさを隠せないように藺子さんは云った。

それからしあわせそうにおなかを撫でながら、感慨深げに小さく呟いた。

「ああ、わたし、お母さんになるんだなあ」

その時の藺子さんに他意はなかったのだと思う。もうすぐ赤ちゃんが産まれるよろこびがあふれてこぼれ落ちた、そんな言葉だった。今にして思えば、父親を介してではなく、ふたりきりの時を選んでいろはに直接伝えたのは、藺子さんなりの考えがあってのことだったのかもしれない。

だけどいろははその言葉を聞いて固まった。これまで自分のそばにいたこの人は何者だったのだろう。こっそりと伸ばしていた右手の指先がすうっと冷たくなっていくのが判った。

わたしが莫迦《ばか》だったんだ……。

青ざめた顔でいろははその場に立ち尽くした。

繭子さんはわたしのものにならない。わたしも繭子さんのものにならない。判っていたことだったのに、どうして自分から触れようなんて一瞬でも考えてしまったのか。

いろはは子ども心に母に申し訳ないと強く想った。病気でどんどん痩せていく母に自分は何もしてあげられなかったくせに、繭子さんのふくふくとした白い肌に触れたいと願った。母ではない人に、母がなくしてしまったものを求めた自分が許せなかった。

冷たく重くなった指先を罪のおもりのように感じながら、いろははゆっくりと右手をおろした。


やがて春が産まれ、間宮家はにぎやかになった。名前のとおり春を運んできた赤ちゃんの世話にかかりきりで、繭子さんも父もいろはのぎこちなさに気づくことはなかった。

それはいろはにとってもありがたいことだった。三人で暮らしていた頃は大人ふたりの目が自分にばかり向けられているように感じて窮屈だったのが、春の誕生でそうではなくなった。それに「お姉ちゃん」という役割が与えられて、やっとこの家族の中で自分がどうふるまえばいいのか判ったような気がした。

春のことは大好きだ。けれど、その屈託のなさに複雑な気持ちになった時期もあった。嫉妬というよりは羨望に近いその気持ちは、年の離れた姉弟ということもあり、いろはが思春期を過ぎる頃にはさほど感じることはなくなった。それよりも春の存在が家族の潤滑油《じゅんかつゆ》になってくれていることに感謝する気持ちのほうが大きい。それでもふとした折にその頃の感情が湧きあがることがあって、小さくなっても完全に消えることはないのだといろはを落胆させるのだ。

食卓にはいろはの好物が並んでいた。繭子さんがはりきってつくってくれたらしい。何となくその労力に申し訳なさを感じながら席につく。あの不思議な質屋でもらった木札は鍵と一緒にかばんの外ポケットに入れて、さりげなく目に見える位置に置いておいた。

あんなもので、ほんとうにどうにかなるんだろうか。

半信半疑のまま、ちらりと視線を送る。店主は札が教えてくれるようなことを云っていたが、具体的にどうなるのかまでは説明してくれなかった。木札に願いごとを書いて待っているだけなら、神社の祈願と同じではないか。ここは神社やお寺じゃない、願いを叶える質屋だと、店主はやけに自信ありげに云いきっていたけれど……。

「いろはちゃん、ちゃんと食べてる？」

ぼんやりとしていたいろはに、繭子さんが心配そうに声をかける。

「あ、うん。食べてる。すごくおいしいよ」

「じゃなくて、ふだんの食事。ちゃんと栄養のあるもの、食べてる？　つくってる？」

「それは、まあ。大学の学食とかコンビニもあるし……」

てきとうに、という部分はごにょごにょと言葉を濁し、アスパラの肉巻きをポン酢につけてからひとくちかじる。おいしい。繭子さんは昔から料理が上手だ。手の込んだものをつくったり、逆にあるものでぱぱっとつくったりするのも得意、エプロン姿が似合うのも伊達ではなかった。いろはに教えてくれようとした時もあったけれど、やんわりと断っては食べるほうに徹してきたので、ひとり暮らしをはじめたいろはの食生活を繭子さんが心配するのは仕方のないことなのかもしれなかった。

「いろはちゃん、痩せたんじゃない？」

「そんなにすぐには痩せないよ。それに、少し痩せられたほうがうれしいくらい。大学生になるとおしゃれな子、いっぱいいるし」

「そうなの？」

「そうだよ」

話題を変えようとしても、繭子さんはまだ心配なのか、じれったそうに続けた。

「ああ、こんなんだったら、もっとはやいうちにいろはちゃんに料理を教えておくんだった。だって大学で家を出るなんて思わなかったんだもの、ねえ、未知雄さん」

黙ってふたりの会話に耳を傾けながら食事をしていた父は「ああ、まあ」と曖昧《あいまい》に返事するとのんびりした口調で云った。

「それはまた今度、ゆっくり時間がある時に習ったらいいんじゃないのか」

「そうだね、また今度」

父の言葉に同調したいろはだったが、「また今度」はいつになっても「また今度」にしかならないことをよく判っていた。いろはが繭子さんから料理を教わらないのは、その味を自分の味にしたくないからだった。

それからは大学の話を少しして、春の学校の話題へと自然に流れていった。三年生から四年生へあがるのにクラス替えがないためか、大きな変化といえば春がクラスの生きものがかりになったことらしい。クラスで飼っているメダカとカメの世話が主な仕事のようだったが、はりきって育てかたの本を買って研究しているという。

「生きものがかり、楽しい？」

「楽しいよ。毎日えさをやっていたら、ぼくが水槽に近づいただけで寄ってきたりするんだよ。すごいでしょ」

「へえ、それはすごいね」

ほめるとうれしそうに鼻の頭をかく。

「だからさ、水族館、いこうよ」

「ん？」

「水族館。海浜公園に新しい水族館できたの、お姉ちゃん、知らないの？」

ちょっといばったように云ってあごをつき出したので、いろはは面食らいながら「いや、知ってるけど」と答えた。生きものがかりから急に話が飛んだせいでついていけなかっただけだ。

「じゃあ、いこうよ。ねえ、お母さん」

春が繭子さんに甘えるようにねだった。あらら、と繭子さんが説明を補足する。

「生きものがかりになってから春、メダカとカメ以外にもいろいろな生きものに興味を持つようになったみたいなの。クジラとかワニとか、水族館にいる生きものを見てみたいんだって」

「へえ」

「クジラはふつう水族館にはいないよ」

「あら、そうなの？」

「いるのはサメ。ぼくが好きなのはサメとワニ。もう、お母さんってば、ちゃんと覚えててよ」

それにしても、メダカとカメがサメとワニ、か。ずいぶんと巨大化かつ凶暴化したものだ。小さい頃、春は男の子にしては生きものが苦手なほうだったと記憶している。昆虫に触るのも嫌がっていたほどで、家族で牧場にいった時にはポニーでさえこわがって泣いて乗れなかったくらいだ。それが今やクラスで飼っている生きものを率先してお世話する係で、しかもサメとワニが好きだなんていっちょまえになっちゃって、といろははは姉らしく思う。

「お父さんは何が好き?」

質問をふられた父が箸をとめ、うーん、と考えてから、「イワシかな」と答えた。

「えー、なんでイワシ?」

「焼いたらうまいぞう」

「食べるんじゃないよ、もう」

ふくれっ面の春を見てみんなで笑う。こんな風に春をからかうのが家族の食事風景の定番だった。

「やあねえ、おと……未知雄さんったら」

繭子さんも口に手をあてておかしそうに笑っている。だけどいろはは気づいていた。繭子さんは今父に向かって「お父さん」と云いかけた。それから慌てて「未知雄さん」と云いかえたのだ。

家族で唯一、みんなから共通の名前で呼ばれるのは春だけだ。春はみんなから「春」と呼び捨てにされ、春は家族のみんなを「お父さん、お母さん、お姉ちゃん」とあたり前のように呼ぶ。いろははずっと「繭子さん」だ。繭子さんもいろはのことを「いろはちゃん」と呼び、父のことは「未知雄さん」と呼ぶ。たぶん、自分に遠慮してそんな呼びかたをしているのだろうといろはも判っている。だからいろはが不在の時、繭子さんと父がお互いを「お父さん」「お母さん」と呼びあっても、全然不自然じゃないと思うのだ。むしろ春にとってはそのほうが違和感がないだろうし、それが正しい家族の姿であることを認めざるを得ない。

「ねえ、いろはちゃん、今度の日曜日とか都合はどうかな？」

駄目だったら次の日曜日でもいいんだけど、と、繭子さんが遠慮がちに予定を訊ねてくる。

「うーん、授業の課題が重なってて、当分無理みたい。ごめんね。わたしのことは気にせず、三人でいってきてよ」

なるべく軽い調子でいろはは断った。

わたしはいないほうがいいのだ。きっと三人でいくほうが楽しめるに違いない。繭子さんだってほんとうはそう思っている筈なのだから、わざわざ譲歩案なんて出す必要ないだろうに。

その返事を聞いて繭子さんが少しかなしそうに表情を曇らせたけれど、いろはは見なかったふりをした。

自然にお互いを呼びあえる、そんな関係がまっとうな家族なら、自分はそこからはみ出た余分な因子《いんし》なのだといろはは自覚していた。

お客をもてなすように並んだ料理の数々を眺めながら考える。

この家族の中にわたしはいるようでいない、ふわりと浮いた存在だ。いろはいつか見た水族館のクラゲを思いだしていた。ふわふわと漂うだけの半透明な存在。見えているけれど見えていない。でも、泳ぐと足に絡みつく、厄介な邪魔者。

間宮家の水槽の中で、みんなが自由に泳ごうとするのを妨げているのは自分だと、いろはずっと思って生きてきた。


ひさしぶりに自分の部屋に入ると、夜なのにひなたのにおいがした。布団がふんわりとふくらんでいる。繭子さんが日中外に干しておいてくれたに違いない。

お風呂に入ってパジャマに着替え、やっと寛いだ気分にはなれたが、目的の鍵については結局何も判っていない。札も何度か確認したけれどまったくの変化なしだ。のんびりするために実家にもどった訳ではないのだと軽い憤りを覚えながら、やけくそのように布団にダイブした。

ばふっとやさしく抱きとめられる。

やっぱり、わたし、騙されたのかなあ。

あの時は店と店主の不思議な雰囲気に流されてしまい、あやうく信じかけそうになったけれど、よく考えれば荒唐無稽《こうとうむけい》な話ではないか。認めたくはないが、ひょっとしたら自分は他人に騙されやすい性格なのでは、といろはは疑ってみる。これまで意識したことがないから判らなかっただけで、たったひと晩で、あの人と店主とそれぞれ別の人物に騙されたのだとしたら、それはもう決定的ということになるんじゃないかと情けなくなった。

満月だったのもいけなかったのかもしれない。

昔からよく云うではないか。満月の夜には何かが起こる、とか何とか。いろはは心の中で、うつくしい月に人を惑わす魔力が宿っていても全然おかしくない、だからわたしがつい騙されたのだとしても仕方がないことだったんだ、と自分をなぐさめてみた。

悪い人には見えなかったんだけど……。

無造作におろした長めの前髪の下にある色素の薄い瞳を思いだしながら、いろははため息をついた。そもそも自分に人を見る目が備わっていないのであれば、受けた印象もあてにならないということだ。

いい満月ですね。

ふっとその台詞が頭に浮かび、いろはは激しく頭をふった。

「ああ、もう」

思わず口に出して布団に顔を埋めた。ひなたのにおいを胸に吸い込み、気分を落ち着かせようとし……いつの間にか、そのまま眠ってしまっていた。


夢の中でいろはは六歳だった。秋風が少し冷たい、そんな午後。病室には母といろはのふたりだけで、不思議なくらい、誰の足音も聞こえてこない。

あざやかに光景がよみがえる。もうずいぶんと薄れた遠い記憶だった筈なのに。

子どものいろはを、もうひとりのいろはが見ている。今の、十九歳の自分。

「これは何の鍵なの？」

無邪気に問ういろはに母がかすかにほほえんでいる。幼いいろはの手にあっても、やはり鍵はずいぶん小さく見えた。母がどこからか魔法のようにとり出し、いろはの手にのせたのだ。

「秘密の鍵よ」

母は誰もいないのに顔を寄せ、ひそひそ話でもするように小声で云った。秘密めかした云いかたにいろはの心は跳ねる。女の子はいつの時代も「秘密」という言葉に目がないのだった。

うれしそうに頬を上気させた子どものいろはを今のいろはが冷静に見ている。そして母があの時小声で云ったのは、わざと秘密めかしていたのではないことを知る。もうその頃はだいぶ弱っていた母は、がんばってもささやくようなかすれた声しか出せなかったのだ。

「この鍵はいろはが大事に持っていてね。このことは誰にも云っちゃ駄目よ。もちろん、お父さんにも」

父にも云っちゃいけないと念押しされて、子どものいろははは戸惑っている。秘密のほんとうの意味をまだこの時は知らなかった。そんな約束を守りきる自信もない。母の声音が、表情が、真剣であればあるほどいろははどうしていいか判らなくなった。だから、鍵を返そうとした。

「お母さんと、いろはの、ふたりだけの秘密、ね」

小さな鍵を握って母に差しだしかけた時、そのこぶしの上から母が強く手を握ってきた。こんな力がいったいどこに残っていたのかというほどの力だった。いろはは驚いて今度はこぶしをひっ込めようとした。けれども母の手に包まれたいろはの手はぴくりとも動かず、押すことも引くこともできずに仕方なくじっと耐えるしかなかった。

そうだ。

あの時わたしはこわかったのだ。

いろはは突然思いだした。

自分の幼い手の甲に食い込むくらい母のやせ細った指に力が込められるのを呆然と眺めていた。握った鍵がてのひらにあたって痛む。訳が判らないながらも、この鍵の秘密を絶対に守らなければいけないと強く心に刻んだのだ。あの瞬間、母をこわいと感じたから自分は約束を守ってきたのかもしれない。その考えは、この光景を見ている今のいろはをひどく落ち込ませた。

どうしてわたしはあの時ちゃんと顔をあげなかったんだろう。

あげていれば、母の表情をきちんと見られた筈だった。こわいくらい真剣で、かなしげで、それ以上に切なげな母の表情を。あれはきっと、愛しい者ともうすぐ離ればなれになることを知っている者にしかできない表情だった。運命に抗いたくても抗えないことを知っている目。だからせめてもと、ありったけの愛情をあの手に込めたのだ。母が鍵の秘密とともにくれたのは、痛いほどの愛情だった……。

これはほんとうに夢なのだろうか。

手を伸ばせば触れられそうなほど鮮明な光景を前にいろはは考える。だけど自分はあの時母の顔を見なかった。それだけは確かだった。だったらなぜ、今ありありと思いだせるのか。夢を見ながら無意識に想像で補っているのだろうか。現実と虚構を即興でつなぎ合わせられるほど、自分は器用な人間ではないと思うのだが。

そんな風に夢の中で冷静に考えていること自体がまず、おかしいのだ。幼くて母の想いを受けとめきれなかった自分を見て歯がゆくて仕方がないのに、こうして俯瞰した場所から真実を知ることができたいろはの心は存外おだやかだった。

……夢ではないのだろうか。

きらり、と何かが光る。

先がゆるくカールした艶めいたブラウンのウィッグにとめたシルバーのスズランの髪留めだ。目をこらしているとまた、きらり、と光った。見つめているうち、光がぱあっと散乱し、病室いっぱいに広がった。まぶしくて目を閉じる。

次に開けた時、同じ白い病室にいるのは父と母だった。幼いいろはの姿はどこにもなかった。

病室の窓は開け放たれ、気持ちのよい風が吹き抜ける。いつの季節のいつの日かは判らない。甘い空気の静かな午後。いろはの知らない父と母の姿だった。

父に右手をあずけ、母は窓の外を目を細めて眺めている。父が母の痩せた白い指の爪にマニキュアを塗っている。うつくしい桜色のマニキュアだ。不器用な父が大きな背中を丸め、一生けんめい塗っている姿はいろはの想像を超えている。夢じゃない、こういう日がほんとうにあったのだ。

ふたりとも何も云わず、それぞれがそれぞれの視線の先に集中しているようでいて心は確かにつながりあっている。こんな日があってよかった。母の手が大切に扱われているのを見ていろはは安心する。そしてまた、向こうを向いた母の唇にも父から贈られた同じ桜色の口紅が塗られているのがなぜだか判った。その口もとがしあわせそうにほころんでいることさえも。

やわらかな陽ざしの光が窓の外から流れ込み、さきほどと同じように病室にどんどん満ちていく。父と母は静止画のように光の中に溶けていった。いろはまた両目をぎゅっとつむった。

次にいろはが立っていたのは実家の父の部屋だった。父はこちらに背中を向けたまま、机について何かしている。さきほどの病室の父とは違って若くはない。現在の父のうしろ姿だった。

窓の外は暗い。真夜中だ。家族のみんなが寝静まった時間帯に父はひとりで何かしていた。机の上のデスクライトの丸い光が斜めに父を照らしている。大きな背中を丸めた父は、病室で見た父より年をとってはいるが、母の手と同じように大切なものを扱っている気配が漂っていた。もう少し近づいて何をしているのか見極めようとしても、いろははそこから動くことができなかった。

「お父さん、ねえ、何をしているの？」

もどかしい気持ちで声をかけるが父はふり返らない。聞こえていないのか。やはりこの場面でもいろはは傍観者の立場なのか。

「ねえってば」

知らず知らず握り込んだ右手に違和感を覚えて開くと、そこにはあの鍵があった。父が鍵について何か知っているのではないかと無性に胸が騒ぐ。

「お父さん！」

いろはは叫んだ。

デスクライトの光がちかちかと明滅をくり返し、次第に大きく強くなっていく。満月のような丸い光が広がって、父を呑み込もうとしていた。

消えてしまう。

焦るいろはは今度こそ目を開けていようとするが、まぶしくてたまらない。明滅する光の中、父の背中はだんだん遠ざかっていく……。

そこで目が覚めた。

うつぶせで寝入っていた身体を反転し、天井を見あげる。

夢……か。

目を閉じると、まぶたの裏で光がまだちかちかしている気がする。部屋の電気を点けたまま眠ってしまったので、あんな夢を見たのだろうか。やけにリアルで時空を超えたような不思議な夢だった。目を覚ましてもなお色褪せず、まるでほんとうに自分がそこにいたと錯覚してしまいそうな……。

ぼんやりと考えながら、いろはは右手のこぶしを額にあてようとした。そこで自分が何かを握っていることに気がついた。上半身を起こし、手を開く。そこにはあの鍵が入っていた。

布団に飛び込む前は札と一緒に枕元に並べておいた筈だった。

いつの間に……。

ちらりと枕元に視線をやり、いろはは目を疑った。札が光っている。何の変哲もないただの木札が、ちかちかと何かの合図を送るように自ら発光しているのだ。どういう仕組みなのか判らなかった。いろははこわごわと札を手にとった。熱くも冷たくもない。願いが叶う時には札が教えてくれる、と云った店主の言葉を思いだし、今がその時なのかどうかと思案する。

じゃあ、さっきの夢も、この札が見せてくれたってこと？

光に誘《いざな》われるようにして見た夢の数々が真実なら、最後に見た父の夢で感じたあれも間違ってはいないということになる。つまり、父が鍵について何か知っているということなのだろう。

鍵をパジャマのポケットに入れて急いで立ちあがり、父の部屋に向かう。春や繭子さんを起こさないよう足音を忍ばせていくと、父の部屋の前までできたところで札がひときわ明るい光を放った。

いろははその光に驚いて、ついノックもせずにドアを開けてしまった。

夢で見たのと同じ背中の父がそこに座っていた。デスクライトのあたる角度までそっくりだ。お父さん、と口にする前に、父のほうがドアの開いた音にびっくりした顔でふり向いた。

「なんだ、いろはか。どうした？」

いろはの姿を認めた父は、声だけだと努めて落ち着いた様子を装っているように聞こえたが、あたふたと背中に何かを隠しながら立ちあがった。いかにも怪しいその行動にいろはは眉をひそめる。

「今の、何?」

「何って?」

「お父さんが背中に隠したもののことよ」

「いや……まいったな」

突然入ってきた娘に詰問《きつもん》され、父は弱りきった表情で頬をかいた。それから観念したように背後に隠していたものを出してきた。

「あ」

いろはは小さく声をあげた。一見すると本のような厚さのノートに小さな鍵穴があるのを発見したためだった。

「これはお母さんのノートなんだ。日記帳……なのかな。中身を見たことがないから、何が書いてあるのか、実のところお父さんも知らないんだ」

ばつの悪そうな顔で父が説明する。

「何だか恥ずかしいな。こんなところをいろはに見つかるなんて……」

「何をしていたの?」

ノートには鍵がかかっているのだ。だから盗み見ていた訳ではないのだろう。父はもう一度、まいったな、と呟いた。

「お母さんに報告してたんだ。今日ひさしぶりにいろはが家に帰ってきたからな、その報告だよ」

「お母さんに？」

「ああ。これまでもずっとそうしてきたんだ。いろはや自分に何かあるたびに、お母さんに語りかけるようにノートに語りかけてきた。こうやって」

と、父はノートの表紙にやさしく手を置いた。その手つきは夢の中で見た母の手を大切そうに扱う父の手と同じだった。

「話しかけるんだ。中に何が書いてあっても、きっとそこにはお母さんのほんとうの気持ちが詰まっている、だから一番お母さんの心に近い気がして。家族のみんなに見つからないようこっそりと、ひとりの時に」

「そうだったんだ……」

いろはは頷いた。

「でもとうとう見つかっちゃったな。今までうまく隠してきたつもりだったんだが……まあ、いろはだからよかったんだ。照れるけどな」

これが繭子さんだったらどうだったんだろう。繭子さんはそんなことで父を責めるような人ではないのは判っている。どちらかといえば、父の母への想いを大事にしようとしてくれるだろう。けれども父は繭子さんに悪いと思って、もう母に語りかけることをやめてしまったかもしれない。そんなのは嫌だ、といろはは思う。

いろはは今、父が繭子さんに云えない母に関する秘密を抱いてくれていたことがうれしいのだ。

「中身を知りたいとは思わなかった?」

「そりゃあ、思ったよ。お母さんが死んで、このノートが見つかって、鈴花がどんな気持ちでぼくたちと一緒にいてくれたのか、心の底から知りたかった。正直に云うと、鍵を壊してでも見てやろうとしたこともあるよ」

いつの間にか父は若い頃のように「ぼく」と云い、母を「鈴花」と呼んでいた。

「でも結局壊す寸前で思いとどまったんだ。鈴花がこうして鍵つきのノートを選んだということは、ぼくにも誰にも中身を見られたくないからだったんだろうって。ぼくは鍵を彼女からあずからなかった。ほんとうは鈴花はノートの存在を知られたくなかったのかもしれない。燃やして捨ててしまいたかったのを、身体の自由がだんだんきかなくなって自分ではできなくなって、それで小さな鍵のほうだけ捨ててしまったんだ、とかね。いろいろ考えたよ」

「…………」

「でもぼくにはノートを捨てることはできなかった。どんな想いがあったのであれ、鈴花が遺してくれたものには違いないから。だから話しかけることに決めたんだ。彼女にぼくたちの今を知らせるために」

いろはは黙って父の話を聞いていた。父の心の中で母はあの頃のように生きていた。繭子さんや春のいる新しい家族との暮らしを続けていくうちに忘れてしまったのかと思っていたけれど、ほんとうはそうではなかった。こうして家族に隠れて母と会話する青年のような父を新鮮な気持ちでいろはは見つめた。

わたしとお父さんにとって、お母さんはいつもすぐそばにいてくれる存在なんだ。

いろはは胸のうちで母に語りかけていた。

お母さんとわたしの約束、もういいよね。いいことにするよ。お父さんも、わたしも、お母さんのことをもっと知りたい。会えなくなってからずっと、今もずっと、それだけは変わらないの。だから許してね。

今からわたし、約束を破ります。

ポケットに手を入れて鍵をとり出すと、いろははそっと父に渡した。

「これ、どうしていろはが……」

「開けてみてよ」

「あ、ああ」

戸惑いながら父は鍵を受けとった。ノートの鍵穴に挿し込むと、カチ、と小さな音がして抵抗なく開いた。

「お母さんから子どもの頃、あずかってたの。ずっと何の鍵なのか判らなかった。けど、これでやっとすっきりした」

いろははは父に笑いかける。

「わたしはこれが何の鍵か判ればじゅうぶんだから。中はお父さんが読むべきだと思う」

そう云って、部屋をあとにした。


自分のアパートに帰り、ひと息ついてから、いろはは今朝出がけに父からあずかった紙袋を開けてみた。

「いろはにも読んでほしいんだ」

繭子さんや春に聞かれないようにそっと手渡されたものが母のノートだとすぐに判った。自分が読んでもいいのかと問い返す前に、繭子さんが近づいてきたので無言で受けとった。昨晩父がこれを読み、何を思い、何を考えたのか、訊くことはできなかった。

ベッドに浅く腰かけ、表紙の鍵穴に触れてみる。ここにたどり着くまでに十三年かかったのだと思うと嘘みたいだ。母のノートなのに、なぜだか見るのがこわいような気もする。ためらっているのは、母の本心を知りたくないのではない。時間が経ったぶん、夢の中で幼かった自分のいたらない気持ちを思いだして悔やまれたように、他にも忘れていた事実が母を傷つけたのではないかと考えると、それを知るのがこわかったのだ。

何度か指と指の腹とをこすり合わせて逡巡したのち、いろははは覚悟を決めてページをめくっていった。

めくるうち、自然と肩に入っていた力が抜けていくのが判った。母の言葉で埋め尽くされていると想像していたそれは、日記帳というより、お気にいりを集めた雑記帳のようなものだった。

新聞や雑誌の切り抜きがあったり、スケッチが描いてあったり、詩や小説の一節を引用した文章が写してあったり、した。

たとえば。

ふたご座流星群の到来を告げる記事、
宙吹きガラスの一輪挿しに生けられたミントの葉のスケッチ、
入院患者の男の子からもらったキャンディの包み紙、
病室を訪れる人々の足音の違いについての一考察、
毒きのこのシール、
世界のかわいい消火栓の写真、
寺山修司少女詩集の一節――ひとがさかなと　よぶものは　みんなだれかの　てがみです――

そんな、母が好きだったきれいなもの、うつくしいものを寄せ集めたような帳面だった。

いろはは小さく頷いた。

お母さんはそういう人だった。白い病室で過ごす退屈で重苦しい日々にも、豊かな色どりやちょっとした楽しみを見つけることのできる人だった。自分の好きなものに目を向けていれば、世界を変えることができると信じている人でもあった。

病床にあってもその想いを失くさずに、そういうものたちをきちんと留めておこうとする母の姿にいろはは静かに感動した。そしてまた、そういうものたちの間に挟み込まれるようにして、思いがけず母から漏れだした本音が書いてある箇所を見つけ、はっと胸を突かれた。痛い、つらい、やめたい。そんな風な治療や病状に関するひとことや、父やいろはを置いて先に逝く運命についての嘆き。拾い集めてもノートの分量からすればたいした数ではないだろう。けれどもその言葉の少なさが、かえって母の苦しさを物語っているようだった。うつくしく強い大木の葉裏に隠れるようにしてついた涙の水滴を探すように、いろはは丁寧に一ページずつ目で追っていった。

読み続けていると時間が経つのを忘れていた。それでもあともう少しで終わるという時、いろはは気になる文章を見つけた。

〈あんなことを云ってしまったけれど、ほんとうはわたしだけの未知雄さんでいてほしい〉

父に関するものだとは文面を見れば判るが、「あんなこと」とはいったい何だろう。母は父とけんかして、ひどいことでも云ったと悔いているのだろうか。それにしては「わたしだけの未知雄さん」という言葉も意味深だ。しばらく考えて、文章の意味は判らないけれど、もしかしたら母はこれを見られたくなくて、自分に鍵をあずけたのではないか、といろはにには思えてきた。

すべてを読み終え、ふう、と小さく息を吐いた。胸がいっぱいなのに、どこかさわさわと落ち着かない。いろはは立ちあがり、ま新しいレースカーテンの揺れる窓に近づいた。

そこから見える景色はけっしてすばらしいものではない。ごちゃごちゃとした街並み、鈍く光る空、隣のビルの錆びた非常階段、野良猫とカラス、響く自転車のブレーキ音……。ありふれた街の片隅のありふれた小さな場所。それでもそこから見える世界はうつくしいと、母が教えてくれたような気がした。

キッチンでコーヒーを淹れ、牛乳をたっぷり注いでハチミツをひと匙《さじ》たらす。立ったまま、ゆっくり啜《すす》っていると携帯が鳴った。父からだった。

「もしもし」

「ああ、お父さんだけど」

「うん」

父から電話がかかることなど滅多にないので変な気分だった。用事がある時はいつも繭子さんがかけてくる。電話越しに聞こえる父の声はいつもの父とちょっと違う人みたいで緊張する。案外、父のほうもそう感じているのかもしれない。

「……読んだか？」

簡潔な問いに、いろはも「うん、読んだよ」と短く返事する。

「そうか」

父はしみじみ云って、しばらく黙り込んだ。

「…………」

「そうか……じゃあ」

「あ、ちょっと待って」

てっきり父のほうから何か云うものと待っていたいろはは、電話を切られそうになって慌ててひき留めた。

「ん、何だ？」

「お母さんのノートの言葉、最後のほうの……。〈あんなことを云ってしまったけれど〉の〈あんなこと〉ってどういう意味なのか、お父さん、判る？」

「ああ……あれか」

父もすぐに思いあたったようだが、少しばかり云うのをためらう雰囲気が電話から伝わってきた。悪いことを訊いただろうか、といろはは心配になる。

「云いにくかったら、別にいいんだけど……」

母が自分に鍵をあずけた秘密がその台詞に隠れているのではないかと推測して思

わず訊いてしまったけれど、両親がお互いに云いたくないと思っているのなら、無理してまで教えてもらう必要はないといろはは考えた。

「いや、いいんだ。いろははもう大人になるんだしな。話したっていいだろう。お母さんが亡くなる少し前のことだよ、突然こんなことを云ったんだ。わたしが死んでも、わたしより好きな人をつくっては駄目。でも、わたしの次に好きな人とならば結婚してもいいよ、って」

「それって……」

「いや、もちろん、その時はいったい何を云いだすのかと驚いたよ。驚いたし、そうだな、莫迦なこと云うんじゃないって笑って、それでおしまいだった。でも実際にお母さんが亡くなって、それから一年、二年と経つうちに、その言葉の意味をお父さんは考えるようになった」

「……じゃあ、繭子さんは二番目に好きだから結婚したの？」

いろははは思いきって訊いてみた。

母が一番で、繭子さんが二番。話の流れからすればそうなるのが当然だろう。

しかし父は弱ったように答えた。

「そういう単純なことじゃないいんだよ、いろは」

好きな人に順番をつけるのはけっしていいこととは思えない。もし他の人からこの話を聞いたなら、いろははなんて傲慢な人だろうとその人を嫌いになってしまったかもしれない。でもみんな口に出さないだけで、自分の中のランクづけはあると思うのだ。恋愛や結婚に限らず、学校や会社やご近所さん、たぶん出会った人の数だけ、それも自分に近しい人であればあるほど、明確に線引きされている。じゃないと人は誰も選べないし、誰からも選ばれない。

その云いにくいことをいろはは父に訊ねている。そして父が「お母さんが一番だ」と断言してくれるのを心のどこかで願ってもいた。

「順番がつけられないってこと？」

「まあ、そうだな」

それでは母がかわいそうだ。父の曖昧な返答に、いろはは気落ちする。

「なあ、いろは」

「何？」

「あの時はいろんなことがあったんだ。お母さんが死んで、いろはとお父さんのふたりだけになって、ひとことでは説明しきれない、いろんなことが……」

「……うん」

それはいろはも判っているつもりだった。大きな喪失感を抱えながら、幼い自分をけんめいに育ててくれようとしたこと、そのせいできちんとかなしむ暇もなかったに違いない。母方の祖父母がいろはを育てるという話もあったけれど、父はそれを拒否した。口さがない人たちには、仕事をしながら男手ひとつで娘を育てるなんてどうせ長くは続かないだろうと云われた。大人たちが子どものいろはに直接そう云った訳ではないけれど、大人が集まる場にいれば、会話の端々から漂うニュアンスでそれくらいは判る。理解はできても、その頃の自分はいい子でいること以外、父を助けることができなかったのだ。

「お父さんはあの時悟ったんだよ。結婚するということは好きだけではないんだってことを……」

いくぶん遠まわしな云いかたに、父が結婚を決意した背景が透けて見えてくるような気がした。うすうす感じていたことではあったけれど、やはり父の再婚はただの身勝手ではなかったのだといろはは気づく。周囲からの助言なども手伝って、父は自分を育てるために再婚をした、それが真実なのだろう。

そして死期の迫った母もまた、ほんとうは再婚なんてしてほしくないと思いながら、残される父や自分を思いやって本心を隠して云ってくれたのだ。どうしてもやりきれない想いにとらわれた時に思わずノートに綴ってしまった〈わたしだけの未知雄さんでいてほしい〉という言葉に鍵をかけて封印して。

母は父の未来を案じて言葉を託し、父は母の過去の言葉に背中を押された。

それはこのふたりの間にわたしがいたからなんだ……。

「お父さんはお母さんとどうして結婚したの？」

誰かと比較したり順番をつけたりするのではなく、ただ理由を知りたかった。

すると父はきっぱりと云いきった。

「好きだけで結婚したんだよ。他には何もない。好きだけでぼくたちは結婚したんだ」

若々しいその声の響きに、いろはは何かがふっきれたような気がした。

新しい家族の中で、いつも自分は邪魔な存在なのではないかと考えてきた。いっそいないほうが家族はうまくいくのではないかと、自分の存在意義を見いだせないでいた。でも、そんな風に自分の存在を否定的に捉えることは、これまで必死に守ってきてくれた両親に対してすごく申し訳ないことだと深く反省したのだ。

わたしは好きだけで結婚したふたりから生まれてきた。

噛みしめるように自分に云い聞かせながら、いろはは まじりけのない愛情で結ばれた両親と、その子どもである自分のことも誇りに思って生きていこうと心に決めた。

「お父さん……ありがとう」

「どうしていろはが礼を云うんだ？」

電話の向こうで面食らっている父の姿が目に浮かぶ。ノートを読んで母の本音を知ったいろはから、むしろ責められるほうを覚悟していたようだった。

「どうしてだろうね。でもわたし、今ちょっとうれしいんだ」

「そうなのか？」

「うん」

「そうか……」

面と向かっては口に出しにくいことを電話越しでなら話せている自分がこそばゆい。それはたぶん父も同じだろう。照れ臭さをごまかすような小さな笑いがお互いから漏れる。

「いろは」

「うん？」

「これからもちょくちょく帰っておいで。繭子さんがさびしがっているから」

「ああ……うん」

いろはは昨夜の繭子さんのかなしげな表情を思いだした。そして好きだけで一緒になったのではないという子持ちの父と結婚を決めた若き日の繭子さんの気持ちをぼんやりと想像してみた。

父と結婚した繭子さんは初婚で、当時は二十代半ばだった筈だ。二十代半ばといえば、現在のいろはの年齢からもう少しで手の届く年代のように感じられる。もし繭子さんが自分だったら数年後、そんな男性と結婚したいと願うだろうか。その時にならなければ判らないとはいえ、今のいろはには自ら進んで選ぶ道とは思えなかった。

父と結婚した繭子さんの心情を推しはかることなど到底無理だった。けれども繭子さんには繭子さんなりの何らかの事情があり、それがたとえ父への純粋な恋心だったとしても、決断にいたるまでにはずいぶん苦悩したに違いない。そのうえ、結婚後も娘は表面上はいい子のように見えても、ほんとうの意味で自分に懐くことはない難しい子どもだったのだから。

繭子さんを母親として認めることはできなくても、女性として、大人に近づいた今なら少し尊敬できるかもしれない、といろはは思った。

「繭子さんが云ってた水族館」

「ああ」

「やっぱり、わたしもいこうかな」

控えめな口調で云うと、そうか、と父は声をはずませた。まるで春ではなく、自分が一番いきたがっていたみたいにうれしそうだ。

「春も繭子さんも喜ぶぞ。よし、今度の日曜日で決まりだ。な、いいだろう？　家族みんなで一緒にいこう」

*

平日の昼さがりに訪れたカフェ虹夜鳥は、アンティークな置きものがさりげなく配置された落ち着いた雰囲気のカフェだった。カウンターの奥にいる店主も清潔そうな白いシャツに墨色のギャルソンエプロンをつけたシンプルな姿で、この間にじや質店で会った時とは異なり、おだやかでやさしげな空気をまとっていた。

「ああ、おかえりなさい」

店主はいろはの姿を認めると、目を細めてそう声をかけた。

「どうぞ、お好きな席に」

「あ、はい」

いろはは少し悩んでカウンターの端に座った。客はいろはの他にはL字型のカウンターの一番奥に白髪の上品そうな老紳士が静かに本を読んでいるだけだったが、空いているとはいえひとりでテーブル席を陣どるのも申し訳ないと思い、その席を選んだのだ。

「ちょっと待っていてくださいね。すぐにとってきますから」

云うと、エプロンのポケットから鍵をとり出しながら店主は奥の小部屋にいった。ふだんは閉まっているらしい部屋の鍵を開け、中に消える。ほどなく店主は母の形見のスズランの髪留めを手にもどってきた。

「あの、これを」

いろはは持ってきた質札を差しだした。

「叶いましたか?」

「ええ」

「よかったですね」

「ありがとうございます」

短い会話を交わしながら、店主といろははお互いのものを交換した。母の髪留めのひんやりとした感触にほっとする。さっそくいろはは前髪を左手で横に流し、右手でぺたんと髪留めをつけた。少し、視界が開けたような気がした。

「似合ってますよ」

やはり満月の夜に出会った時よりややわらかい口調で店主は云った。

「コーヒーでいいですか？」

「あ、はい……えっと、ミルク多めでも……」

「じゃあ、カフェオレにしておきましょう」

流れるような手つきで店主がカフェオレを淹れてくれている間、いろはは改めて店内を見まわしてみた。昼間に見るとまた印象が違って見える。時代がかった建物を生かしてはいるが、漆喰の白壁は新しく、太い梁や柱は墨色に塗り直され、内部はかなりきれいに改装されているようだった。開け放した堅牢な扉の色と合わせたらしい墨色は、よく見れば店主のエプロンの色とも同じで、天井の高い開放的な空間をほどよくひきしめていた。はっきりした白黒で構成されたモノクロとは違いよそよそしい感じはせず、きた客をほっとさせるような、いわゆるレトロモダンに仕あがっている。

「すてきなお店ですね」

「ありがとうございます」

「この建物……もとは何だったんですか？」

ずっと気になっていたが、この間はとても訊けるような状況ではなかった。自分に余裕がなかったせいもあるが、店主の青年のほうにも他人を寄せつけないようなオーラがあった。気軽に話しかけると冷たくあしらわれてしまいそうな感じ。でも今はそれが感じられない。それとも騙されるかもしれないという緊張感が必要以上にいろはを萎縮させ、店主をそんな風に見せていたのだろうか。

「蔵ですよ。正確に云うと、質蔵です。祖父の代まで続いた質屋でね、お客さんからあずかった質草を保管するには専用の蔵が必要だったんです。残念ながら祖父の死後、質屋のほうは畳んでしまったので、こうして質蔵を改装してカフェにしたんですよ」

説明しながらカフェオレを出してくれる。口の広い大きな粉引《こひき》のカフェオレカップにたっぷり注いである。ひとくち啜るとふわっとやさしい香りが口の中に広がった。

「質屋はやめてしまったって、じゃあ、あの満月の夜の質屋は……」

そこまで云って、いろはは慌てて口を押さえた。あまりに店に溶けこんでいるので、もうひとり客がいたことをつい忘れていた。これは秘密の話だったのかもしれないと思ったからだ。

しかし店主はいろはの視線の先の年配客に目をやり、あの人は大丈夫ですよ、と笑って答えた。

「この店のことも、にじや質店のことも、両方ともよく知っているお客さんですから」

ふたりのやりとりが聞こえたのか、カウンターの奥の老紳士が読んでいる本から目をあげて軽く会釈を寄こした。いろはも小さく頭をさげる。

「あれは別ですよ。あなたもご存じのとおり、あの夜も云いましたが、ぼくはお金を貸すほうの質屋はしてませんって意味です」

「はあ、なるほど」

「そんなにお金が必要なら、ここでバイトしてみませんか?」

「え」

突然の申し出にいろははカフェオレカップを持ったまま、固まった。

「あなたさえよければですが。まあ、それを飲み干すまでにゆっくりと考えてみてください」

ゆっくりと、と云われても、カフェオレ一杯を飲むまでに決めなければならないというのはなかなか急な話ではないだろうか。いろはそう思いながらまたひとくち飲んだ。

「ところで、お母さんとの秘密の鍵は何の鍵だったんですか？」

「それは……母のノートの鍵でした。ノートは父がこっそり隠して持っていたので、長い間あることをわたしは知らなくて。だから誰も中を見られなかったんです」

願いを叶えてくれた相手に結果を報告しないのも失礼だろうと思い、いろはは順を追って話しはじめた。店主も余計な口を挟まず、黙って聞いてくれていた。不思議な夢を見たあとで札が光った話をしても、特に驚く様子はない。この人はこうなることをはじめから予測できていたのだろうか、といろはは考える。ゆったりとしたほほえみを浮かべているこの人は今、何を考えているのか。

「今回のことで、母と父、それぞれの想いを知ることができました」

「それはよかったですね」

「ただやっぱり判らないこともあって……」

「何ですか？」

すべてを見透かしていそうな薄い瞳に、いろはは最後まで判らなかった疑問をぶつけてみたい衝動に駆られた。

「結局母がわたしに鍵をあずけた理由は何だったのかなって。父が想像したように、本心を知られたくなかったのなら鍵を捨ててしまえばよかったんだと思うんです。それをわたしにあずけたのは、父に再婚なんてしてほしくないという本心をいつか知ってほしかったからなんじゃないかと。もしかしたら母は、もっとはやくにわたしにばらしてほしかったのかもしれません。たとえば父が再婚を決めてしまうより前に……」

　幼かったいろはが何年も約束を守れるとは母も考えてはいなかったのではないだろうか。だとすれば、母の願いを自分は叶えたのか阻んだのか、考えだすときりがないようにいろはにには思えるのだ。

「そんなことはぼくには判りませんね。ぼくはあなたのお母さんじゃない」

「……そう、ですよね」

　そっけない返事だが、至極《しごく》まっとうなことを云われてしまっているのでいろはも返す言葉がない。

「ついでに云えば、あなたにも判らなくて当然です。鍵をあずけた意味はあずけた本人にしか判らない。いえ、ひょっとしたら、本人にもどうしたいのか、その時の気持ちをうまく説明できなかったかもしれませんね」

「………」

「とまあ、これはぼくのあて推量なのでお気になさらないでください。ところで、間宮いろはさん。どうしますか？」

「え？」

「ここのバイトのことです。ぼくとしてはもちろん、きていただけたら大歓迎なんですが」

店主が一瞥《いちべつ》したいろはのカフェオレカップはいつの間にか空になっていた。話すのに夢中になって、なくなっていたことに気づかなかったらしい。

それにしても、この人はどういう人なんだろう。やさしいのか、冷たいのか……。読めない人だといろはは思う。そのうえ風変わりなこの店。カフェ虹夜鳥と満月の夜にだけ開くというにじや質店。ここにいれば、また願いを叶えたいという客に出会えるのか。自分が経験したのと同じような奇跡の瞬間をその客も迎えるのか、いろはは この目で見てみたいと思った。

「あの、わたしやります。バイトとして雇ってもらえますか？」

いろはの言葉を聞いて、店主はぱっと顔を輝かせた。

「ほんとうに？　ありがとう。ぼくは野《の》々《の》原《はら》縫《ほう》介《すけ》と云います。どうぞよろしく」

「こちらこそ、よろしくお願いします」

慌てて頭をさげるいろはに、店主の縫介は続けて云った。

「それではまず、右手を出してください」

「右手、ですか？」

「はい。てのひらを上に」

「あ、はい」

云われるまま、訳も判らず右手を開いた。縫介はエプロンのポケットから何かとり出すと、いろはのてのひらにぽんっと落とした。

それは小さな鍵だった。

「では次の満月の夜まで、この鍵をあずかっておいてください」

ふたつの指輪

教授が本に目を落としたまま、軽くカップを持ちあげる仕草をしたので、いろははコーヒーのサーバーを手にL字型のカウンターをまわって近づいた。

読書の邪魔をしないよう、慎重に空のカップに注ぐ。はじめの頃は集中しようとすると手が震えたり、カップに注ぎ口があたってかちゃかちゃと音を立てたりした。でも最近はそんなこともない。注ぎ終わり軽く一礼してその場を離れると、カウンターの中から店主の縫介に声をかけられた。

「よくできました」

できの悪い生徒をほめるような口ぶりに、いろははちょっと肩をすくめた。それからカウンターの横の自分の定位置にもどるまでに、テーブル席の女性客たちのお冷があるか確認した。近所のママ友と思しき四人組は子どもたちが帰ってくるまでの束の間の自由を目いっぱい使おうとおしゃべりに夢中になっていて、お冷はほとんど減っていない。それどころか注文したアイスティーやレモンソーダの氷が溶けて中身が薄くなっていくのも気にしていないようだ。

質蔵造りの高い天井についたファンがゆっくりとまわっている。むし暑い季節になってきた。

今日のように人数が多くてにぎやかな客は珍しい。常連客は教授のようにひとりで時間を過ごす人が大半なので静かなものだ。そういう客のほうがこの店の雰囲気にはしっくりくる。だからといって店主の縫介が客を選んでいるかといえばそうではなく、客のほうが時代を経た建物の外観に見あったふるまいをしているかのように感じられる。ママ友四人組はそういう意味で、ちょっとこの空間には異質な存在だった。

けれどもこの湿気の多い、だるだるとした空気の中では眠気覚ましのいい刺激になっているかもしれない、といろはは思う。

いろはがこのカフェ虹夜鳥でバイトをしはじめてからもうすぐ一ヶ月。カフェ仕事にもようやく慣れ、少し落ち着いてきた頃だった。店は繁盛しているとは云い難いが、常連客を含めこの周辺に住む人たち、変わった造りのカフェの噂を聞きつけて遠方からやってくる客なんかもたまにいて、満席にはならないけれど空席にもならない、という微妙なラインを維持していた。この程度なら縫介ひとりでもじゅうぶん切り盛りできるだろうに、わざわざ自分をバイトとして雇ってくれたことがいろはには不思議でならなかった。

もしかして、人助けのつもりだったんだろうか……。

そんな風に思わなくもないが、直接縫介に訊ねたことはない。それにお揃いで用意してくれたギャルソンエプロンを身にまとうと、何となく背すじも伸びるしいっぱしのカフェ店員になれたみたいでうれしかった。鏡を見ると、大学で汚れる前提のボロい服を着て、絵の具にまみれながらキャンバスに向かうのとは違う自分がそこにいた。バイトをするのはひとり暮らし同様はじめてのことだったけれど、いろははまたひとつ自分が新しくなれるようなわくわくした気分を味わっていた。ここでこうして働かせてもらえるのなら別に理由なんて聞く必要はないと思う。

ママ友四人組が帰ったあとのテーブルを片づけていると、奥の席に右腕を伸ばした拍子にエプロンのポケットの中のものが置いたお盆にあたってかすかに、チャリ、と音を立てた。

ほんとうに質問したいのはこっちの鍵のほうだった。

母の形見のスズランの髪留めを返してもらいにきて以来、いろははこの店にくる時には必ず縫介からあずかったあの鍵を持ってきていた。次の満月の夜まであずかってほしいと頼まれたのだから云われたとおりにしていればいいのだろうとは思うのだが、これが何の鍵だかはっきり教えてくれないので、もし急に必要なことがあってはいけないと念のためエプロンのポケットに入れているのだ。満月の夜ということはにじや質店と関係はありそうだ。でもそちらのほうの仕事内容は次回くわしく説明すると云ったきり何も云ってこないため、いろはもそれまでただ待つしかなかった。

そしてもうすぐ一ヶ月。つまり、次の満月が近いということになる。

「わたしはこれで何杯目だったかね？」

ふと教授が顔をあげ、質問してくる。

「三杯目ですよ、教授」

縫介が答えると、カップの中の残り少ないコーヒーをしげしげと覗き込み、そうだったかな、と首をかしげる。

「どうも本に集中していると忘れてしまっていかんな」

「もう一杯、いかがです？」

「いやいや、これ以上飲むと家内に叱られる。どこにセンサーがついているのか知らんが、ごまかして多めに飲んだ日は必ずばれるんだ。コーヒーは三杯まで、というのが家内の掟であり、わが家の掟という訳だよ。健康に気遣ってくれるのは大変ありがたい話だが、根拠がないというのがなかなか厄介でね」

「根拠がなくてもちゃんと守っていらっしゃる」

「そうですよ。そこがえらいと思います」

いろはも相槌を打つが、教授はたいしておもしろくなさそうに首をふった。

「根拠のない自信にうち勝つ道理はないというだけの話だよ。論破できない相手には戦わずして負けを認めるのみだ。無駄な争いは体力も気力も浪費するからな」

そんなことを云いながらも、教授が愛妻家だというのは縫介から聞いていろはも知っている。カフェ虹夜鳥に毎日のように現れる老紳士を「教授」と呼ぶのは何も縫介だけではない。

教授――高柳《たかやなぎ》文彦《ふみひこ》氏はこの界隈では知識人として広く知られる人物だ。近所のみんなから教授と呼ばれるのも、数年前までは実際に地元の有名私立大学の教授だったからで、大学を退官後、こうしてのんびりと読書三昧の日々を過ごしているらしかった。

「さてと、三杯目のコーヒーも飲み干してしまったことだし、そろそろ帰るとするかな」

そう云って、読みかけの本をぱたんと閉じる。

「すべて世はこともなし。今日も平和な一日だったな」

「ええ」

「さりとて、そろそろ満月、だったかな？」

「ですね。月齢では明後日です」

明後日、と意識するとすぐそこまで迫ってきている感じがした。

「にじやのほうは順調かね？」

「順調……かどうかはよく判りませんが、ちゃんと続けていますし、お客さんもぼちぼちきます。まあ、いろんな人がきますけど」

ちらりと自分のほうを見られたような気がして、いろはは少し緊張する。いろはが客としてこの店を訪れた時、カウンターの一番奥に座っていた先客がこの教授だった。

「そりゃあ、けっこう。継《けい》さんもよろこぶよ。そっちの質屋だけでも残せたんだから。にじやの名前もな」

継さん、というのは縫介の祖父の名前だ。教授は祖父の古い友人で、ここがカフェになる前の質屋についてもよく知っているそうだ。通常営業のふつうの質屋、と、満月の夜だけ開く願いを叶える質屋、の両方とも。もしかしたら孫の自分よりもくわしいかもしれないというのが縫介の弁だった。縫介は祖父の死後、もともとの質屋の店舗は閉鎖して二階の居住スペースに移り住み、その隣に残された質蔵を改装してカフェにした。それと同時にひっそりと満月の夜の質屋を復活させ、現在に至るということだった。

「あの……ひとつ質問してもいいですか」

ふたりの会話の合い間に、いろはがおずおずと手を挙げながら質問する。

「にじやって、そもそもどういう意味なんですか？　あ、虹夜鳥の虹夜っていうのは判ります。でも夜に虹が出るって変だし、どうしてこんな名前なのかなあってずっと不思議で……」

「ああ、そっか。いろはさんには説明していなかったですね。にじやというのは質屋の隠語です」

「インゴ？」

聞き慣れない言葉にいろはが戸惑っていると、教授が縫介に代わって解説をはじめた。

「昔は質屋通いは世間体が悪いということでそのままの名前を伏せることも多かったんだよ。よくあるのでは、質を数字の七とかけて七《なな》ツ屋、七を一と六に分けて一六銀行、とかな。ここの質屋も継さんの前の代あたりから隠語を使った名前を使うようになったらしい。質の七を七色にたとえて虹、質屋の屋を同じ読みの夜とした。継さんは洒落《しゃれ》たその名前が子どもの頃から大好きで、自分の代になってとうとう正式な店の名前に採用したんだよ。漢字の虹夜じゃとっつきにくいからと、ひらがなのにじやにして」

「へえ、そうだったんですか。なるほど、質屋ってお金借りるところですもんね、あんまりいいイメージじゃないかも。だから商店街の通りからも外れた目立たない場所にあるのか……」

いろはが納得しかけると、ちょっと鼻白《はなじろ》んだ表情で縫介が遮った。

「待ってください、いろはさん。質屋が通りから外れたところに多いのは、何もうしろめたい商売だからという訳ではないんですよ。お客さんからあずかった大切な質草を保管するためには、この質蔵のように頑丈で条件の整った蔵が必要です。一定の基準を満たさなければ質蔵として認められない。だから表通りに面した場所に設置するのは難しかったと聞いています。それに質屋は違法でも何でもないんですから、変な闇金なんかと同じイメージを持っていただいては困ります」

「あ、はい。すみません」

いろはは慌てて謝った。確かにいろはのイメージでは、質屋は暗くてお金を借りるのも人目を忍んでいかなければいけないところという気がしていた。

「まあまあ、縫介くん。気持ちは判るが、いろはくんのような年頃の子に質屋をうまくイメージさせようというのは難しいだろう。きみだって、おじいさんがこの商売をやっていなければ、一生のれんをくぐるようなこともなかった筈だよ」

「それはまあ、そうかもしれませんけど」

「わたしたちの年代はな、質屋はわりと近い存在だった。給料日前の苦しい時期に利用してみたり、物入りな時期に用立ててもらったり、同じ品物を出したり入れたり、ちょくちょくしてたもんだ。戦後の質屋はよく繁盛していたらしい。混乱していたあの時代に自分の持ちものを一時的に金に換えてくれる質屋はありがたがられたんだ。そこから商売を成功させ生活をたて直した人も多かったと聞く。そのまた昔は庶民の銀行代わりの存在でもあった。歴史は古く、七百年以上前の鎌倉時代からあるという話だよ」

「そんなに古くから?」

「ああ。だから質屋には庶民とともに生きてきた背景があるんだ。質屋は世相を映す鏡、という言葉があってね、その時代その時代の歴史を色濃く反映している。確かに金貸しには違いないが、質屋は質草をあずかるだけでその価値以上のお金は貸さない。期限までに利息と一緒に払い終えればきちんと返してくれる。へたなサラ金なんかと違って悪質なとり立てもなければ審査もない。払えなければ質流れになるというだけのシンプルな仕組みだよ。いろいろな事情を抱えてお金に困っている人の最後の砦になるのが質屋なんだと、継さんもよく云っていたな」

「今は何でも売ってお金にすればいいという時代ですよね。ものに執着しない、ミニマムな生活がよしとされることもあるけれど、ぼくはやっぱり人それぞれ大切な、絶対に手放したくないものってあると思うんです。それでもどうしてもお金が必要な時があって、ものの価値をお客さんと店主がきちんと判ったうえで、しかも返す前提で品物をあずかってお金を貸す、その関係性はすごく貴重だと思います。ぼくはおじいちゃんみたいに目利きの才能もなかったからあきらめてしまったけれど、今ある質屋さんにはぜひ残っていってもらいたいですね」

　ふだんはクールな印象の縫介が、祖父の商売について熱っぽく語るのが何だか意外だった。いろははふたりの説明を交互に聞きながら、人々の生活とともに歴史を歩んできた質屋のイメージが自分の中で変わるのを感じていた。

いろはが迎えるはじめての満月がやってきた。

前回の満月とはまったく立場が変わっている自分のことを考えると変な気分だった。あの時は客で、いや、客という認識すらなくこの場所へおそるおそる足を踏みいれたのだ。月の満ち欠けのサイクルと同じように、自分の環境もこの約一ヶ月でめまぐるしく変わったのだといろはは思う。

カフェ虹夜鳥のカウンターの内側の壁には月齢カレンダーがかけてある。客からはほとんど見えない位置にあるので気にする者はまずいない。気にしたところでただのカレンダーだ。満月の日に黄色いペンで丸く囲ってあるのを見ても、誰もその夜カフェが閉まったあと、願いを叶えてくれる不思議な質屋がひっそりと開いているとは夢にも思わないだろう。

店の電気を消し、床に足もとを照らす役目のステンドグラスのライトをいくつか並べると、縫介は奥の小部屋からのれんを持ちだし店先にかけるよう云った。紺地に流れるような「にじや」の白い三文字。

「文字からやさしさがにじみ出てますよね」

いろはが云うと、そうですか、と縫介は口もとを緩めた。

「そののれん、おじいちゃんが自分でつくったんですよ」

「そうなんですか」

「手先が器用で趣味人だったから。染色《せんしょく》も書道もかじってて」

「へえ、すごい」

「すごい人なんです、いろんな意味で」

教授と話している時も思ったが、縫介は祖父のことをしゃべる時はうれしそうだ。かなりのおじいちゃん子だったのかもしれないな、といろはは思う。こうして店を受け継いでいるくらいだからきっとそうなのだろう。

のれんを店先にかけると一気に雰囲気が変わった。

にじや質店の開店だ。

縫介に手まねきされ、奥の小部屋に足を踏みいれる。あの時はテーブル越しで、さらに手前に縫介が座っていたのでよく見えなかったが、蒔絵を施された箱のうつくしさはやはり目を見張るものがあった。

「ほんとにきれい。これは何の文様です？　丸いのは月、ですよね。それと星。その下の半円状のが判らないです。川かしら？」

お椀を伏せた形の半円に同心円状の線が描かれている。それをいろはは川の流れを表しているのかと思ったのだ。

「虹には見えませんか」

「虹、ですか」

「ええ、夜の虹です」

そこまで云われていろはは「あ」と声を出した。夜の虹、にじや。

「もしかして、これもおじいさんがつくられたんですか？」

だとしたらすごい技術だ。もはや職人の域を超えているとしか云いようがない。

「まさか、まさか」

しかし縫介はそう云って短く笑った。

「いくらおじいちゃんが器用でもこれは無理です。それにこの箱に願いを叶える力を与えるなんてふつうの人間にできる芸当じゃありません」

「え、じゃあ、この箱が願いを叶えているんですか？」

「ええ。箱と、先月いろはさんにもお渡しした札ですね。おじいちゃんが見知らぬ客からあずかった時からセットになっていたそうです」

「あずかった？」

「はい。もとは質草としてあずかったものなんですよ。それまでにじやはふつうの質屋だけを生業としていましたから。ぼくが生まれる前の話なのでくわしいいきさつはよく判りません。おじいちゃんはいつもどおり質草としてあずかり、そのはじめての客にお金を貸した。期限まで待ってもその客は現れなかったそうです。そうなると必然的に箱はおじいちゃんのものになる。見てのとおりうつくしい箱だしすっかり気に入って、自分で使おうと考えていたみたいです。で、蔵から出して店のほうに置いていた時に別の客がやってきたんですが、その頃のにじやはとても繁盛していたのであずかった品物を置く場所がなく、一時的にその箱に入れておくことにした。質札もちょうど切れていたので木札を代わりにと客に渡し、その日はそのまま寝てしまったそうです」

何だか昔のおとぎ話を聞いているようだといろはは思う。

「次の日、その客が慌てた様子でやってきて、札が光って不思議なことが起こったとおじいちゃんにまくしたてた。質入れする時に雑談で話していた願いごとが叶ったた、と。そんな莫迦なことがあるもんか、とおじいちゃんは内心思ったみたいですけどね。それでも試しにと次の晩、こっそり自分も同じようにやってみたらしいです」

「それで、どうなったんです?」

思わず身を乗りだしたいろはに縫介はにやりと笑ってみせた。

「別に何も。何も起こりませんでした」

なあんだ、といろはは拍子抜けした声を出した。だったらなぜ長々とこんな話をするのかと肩透かしをくらった気分だ。

「話には続きがあるんです。おじいちゃんはその客に担がれたのかと疑いつつ、この一件が頭から離れなかったそうです。蒔絵の図柄が月夜と虹であることを意識しだしてからは、店の名前と同じ箱が自分の手もとに残されたのも何かの運命だと感じるようになった。箱は見れば見るほどうつくしく、怪しい魔力を秘めていてもおかしくない気がしてくる。そこでおじいちゃんは考えたんです。もしかして願いが叶うのには何か条件があるんじゃないか、と。いろはさん、何か判りますか？」

「え、あ、はい。いいえ、あの……」

唐突に問題を出されていろははうろたえた。けれども少し考えてみて、答えが判った気がした。

「もしかして、満月、ですか」

「ご名答。満月の夜に願ったことしか叶わない、そこにおじいちゃんは気づいたんです。客と自分が試した条件のそこだけが違っていた。蒔絵に描かれた満月を見て、ひょっとしたらと思ったらしいです。次の満月、その考えが間違っていないことを証明したおじいちゃんはそれからもうひとつの質屋をはじめました。満月の夜だけ開く、願いを叶える質屋をね」

「どうしてこの箱にそんな力が宿っているんでしょうか？」

「それはぼくには判りません。おじいちゃんにも判らなかったそうです。箱を置いていった客の書いた住所はでたらめでしたし、近所の人に訊いてもそんな名前の人はいないと云う。その場所に古い神社がずいぶん昔にあったという人もいたようですが記憶は曖昧でした。何やらいわくありげな厨子《ずし》のような形をしているので、どこかのご神木《しんぼく》でつくったものなのかもしれないなあ、などとおじいちゃんも云ってましたけど、出処は結局判らずじまいです」

「そうなんだ」

縫介の話を聞き終えて、いろははますます興味深く箱を眺めた。

「そろそろお客さんがくるかもしれませんね。箱を開けてみましょう」

「はい」

「じゃあ、この間あずけた鍵を出してください」

「え、あの鍵って、この箱の鍵だったんですか？」

「ええ」

驚いて急いでエプロンのポケットから鍵をとり出した。箱の鍵だなんて聞いていない。予想以上に責任重大な任務を負っていたのだと知って、いろはは今さらながらに緊張してきた。

いろはから渡された鍵を使って観音開きの扉を開けると、縫介は棚の下の段から文箱をとり出した。この文箱の蓋にも扉の図柄とほぼ同じ蒔絵が施してある。その蓋を開けると中に見覚えのある木札が入っていた。

「この札もずいぶん減ってしまいました。はじめは二段になってびっしり入っていたそうですが」

「札の数が願いごとを叶えられる数になるんですか？」

「そうなりますね。いろはさんも経験したように、札には質草・願い・利息の三つを書きます。質草には叶えたい願いにまつわる想いでの品をあずかり箱に保管し、利息はその逆に願いを叶える代わりに今現在大切にしているものを代償として失います。それらが揃ってはじめて箱の力を借りられるという訳です。そして、質草・願い・利息とも本人に選んでもらう、これが一番大切なことです。その三つを聞いてこちらがよしと判断すれば、札に書いてお渡しします」

「よしとならないこともあるんですか？」

「それはあります。願いに対する想いの深さや失くすものへの覚悟がなければひき受けません。札の数は限られている、いい加減な気持ちや興味半分に訪れた客に使う必要はありませんから」

きびしい縫介の言葉を聞きながら、いろはは自分がここを訪れた時に投げかけられた視線を思いだしていた。試されているように感じたのは気のせいではなかったのだ。すると自分がここを訪れた時は何の覚悟もなかったのが、どことなくうしろめたい。真剣な面持ちの縫介に対し、今ここでその時の自分の心情を正直にうち明ける勇気はいろはにはなかった。

「大丈夫ですよ、いろはさん。そんなに緊張しなくたって。そこらへんはぼくの仕事ですから。そばで見ていてもらえたらけっこうです」

いろはが暗い表情になったのを緊張のせいだと思い、縫介は励ましたようだった。

「判りました。でも、じゃあ、にじや質店のほうのわたしの仕事って何したらいいんでしょう？」

「そうですねえ」

改めて問われると縫介はあごに指をあて、考える仕草をした。

「漠然とした云いかたで申し訳ないですが、見守っていてください。それから、鍵。

箱の鍵を今日はぼくが開けましたけど、これからはいろはさんが開けてください。鍵をあずかり、箱を開ける。これってけっこう重要な仕事ですよ」

「はあ。重要なのは判りますけど……」

どうしてそんな面倒なことを頼むのか、そこが判らない。店主の縫介自ら所有するのがふつうだろうし、手間もかからないに決まっている。今までだってそうしてきただろうに、縫介の考えていることがいろはにはさっぱり判らなかった。

困惑するいろはを見て、縫介がふっとほほえんだ。

「そういえばいろはさん、この間、夜に虹が出るのはおかしいって云ってましたよね」

「え？　それはだって、そうですよね。虹って、雨あがりで天気が急によくなった時とかに見えるんだと思ってましたけど」

「ええ。ですが、夜に虹が出ることもあるんですよ」

「ほんとですか？」

それは初耳だった。そんな話、聞いたことがない。

「月の虹と書いて月虹《げっこう》と読むんです。満月かその前後、条件の揃った時にしか現れないので幻の虹などと呼ばれています。ハワイのオアフ島や、まれですが日本でも石垣島《いしがきじま》あたりでは見られることもあるみたいです。見ると、しあわせを招く、願いが叶えられる、とも云われているそうですよ。にじや質屋の隠語でつけた名前ですが、どこか共通するものがあるような、不思議な縁でつながっている気がしてきませんか？」

「確かに。満月の夜に出る虹で、しかも見たら願いが叶うなんて、にじや質店のことを云ってるみたいに聞こえます。縫介さんは月虹、見たことあるんですか？」

「いいえ、残念ながら。でも、いつかは見たいと思っています。ここで見るのは無理でしょうから、こちらから会いにいかないといけませんが」

「いいですね、わたしもぜひ会いたいです」

月の虹に会いにいく、なんてすてきな響きだろう。

店の格子戸を開ける音が聞こえた。それから、かつん、というヒールの音が一度。入り口で誰かがためらっている様子だった。

「どうぞ、そのまま奥へ」

いろはが訪れた時と同じように、縫介はよく通る声で呼びかけた。ふだんはどちらかというともの静かなしゃべりかたなので、張りのある声を隣で聞いているとなぜかどきっとする。

かつん、かつん、かつん、かつん。

声をかけられてからは迷いのない一定のリズムでヒールの音が近づいてきた。細くて高いヒール、大人の女性だといろはは思った。

「こんばんは」

開いたドアから姿を現したのは、いろはの想像どおり美人で知的な印象の女性だった。歳は三十前後といったところか。

「こんばんは。いい満月ですね」

縫介が聞き覚えのある台詞を口にしたので、やはりこの店での決まり文句だったのか、といろははちょっとがっかりした。勝手に特別な言葉のように受けとったのが恥ずかしい。けれどももちろん縫介のほうは全然気づいていないだろう。

「ええ、ほんとに」

いろはの時みたいに動揺することもなく、女性はにこやかに笑った。こんなにすてきな女性にどうしても叶えたい切実な願いごとがあるのかと首をかしげたくなるほどだ。学生のいろはから見れば、女性は大人で自分に自信を持っていて、もうじゅうぶんしあわせそうに見えたからだ。

縫介に勧められて腰かけた女性は、笹井《ささい》乙音《おとね》と名のった。とある会社の受付嬢をしているという。

「では、願いごとをどうぞ」

促された乙音は小さく頷いた。

「昔の恋人の今の居場所を知りたいんです。会って、直接確かめたいことがあるんです。それって、可能ですか？」

「ええ、可能は可能です。ですが、少しお話を伺ってから、お引き受けできるかどうか決めさせていただいてもよろしいですか？」

やんわりとした口調だが、縫介の台詞には有無を云わせないものがあった。自分の時にはそんな風に念を押されなかったが、よく考えれば云われる前にいろはのほうからあれこれ鍵の秘密や母についてしゃべっていたのだった。乙音はしっかりした雰囲気に見えるので、縫介のほうも了承を得てから事情を訊こうと思ったのかもしれない。さきほど客の覚悟を見定めると縫介が云っていたことを思いだしながらいろはは考えた。

「ええ、かまいません。ここまでやってきて、別に隠すことなんてありませんから。それとわたし、もうすぐ結婚する予定なんです」

「それはおめでとうございます」

「ありがとうございます。でもプロポーズを受けただけで具体的な返事はまだしていません。その前にはっきりさせておきたいことがあって、だから今夜こうしてお願いにきたんです。それが昔の恋人のことで、その人はある日、わたしの前から突然姿を消しました。理由も告げずに……」

「それから居場所が判らない、と」

縫介が相槌を打つと、乙音はちょっと驚いたように「あ、いいえ」と返した。

「数年前までの居場所なら、一応知っています。ただわたしに会いにいく勇気がなかっただけで」

「というと？」

「そこが刑務所だったからです」

え、と思わずいろはは隣で声をあげた。ただの終わった悲恋話かと聞いていたら、何だか一気にきな臭い話になってきた。

「わたしから百万円借りて彼はいなくなりました。その後……二年ほど経った頃でしょうか、彼が捕まったらしいと風のたよりに聞いたのは」

「罪状を訊いても？」

「ええ。詐欺罪です」

「………」

それを聞いて縫介はわずかに眉根を寄せた。隣でいろはも、それは……、と心の中で云いかける。困惑した顔で縫介に視線を走らせても、ほとんど表情を変えないので一見何を考えているのか判らなかった。

「やっぱり、騙されたんだと思いますよね？」

自嘲気味に小さく嗤って乙音は云った。「騙された」という言葉に、いろはの身体はぴくりと反応する。それを縫介に悟られないよう何とか平静を装いながら乙音の話に集中しようとした。

「まわりからも結婚詐欺だと散々云われましたから。わたしだってそうかもしれないと思っています。病気の妹さんの渡米手術費がどうしても必要だからという理由でわたしからお金を借りたのも、よくある手口だと云われればそのとおりです。でも、どこか割りきれない、もやもやしたものがずっと残っているんです。もしかしたら他に何か理由があったんじゃないか、とか。莫迦みたいですけどね。彼の話のどこまでが嘘でどこまでがほんとうだったのか、ううん、全部嘘だったとしてもそれはそれでいいんです。真実を知るのがこわくて、はっきりさせないまま生きてきた自分自身のふんぎりをつけるためにも直接本人に会って確かめたい、それがわたしの願いです」

乙音は一気にしゃべった。最初は落ち着いた大人の女性と思っていたいろはは、その語りの思いがけない熱さに自分が傷つくことになっても過去にきちんとけりをつけたいという乙音の決意を見たような気がした。

「いいでしょう。よく判りました。その願い、よろこんでお引き受けしますよ」

「ほんとうですか？　ありがとうございます」

ほっとしたように頭をさげる。

「ではさっそくですが、質草としてあずかるものをお持ちになっていますか？　あなたと昔の恋人との想いでのあるものなら何でも大丈夫です」

「はい、持ってきています」

仕事用らしい大きめのショルダーバッグからとり出したのは、赤いベルベットの指輪ケースだった。蓋を開けると指輪がちらりと見えた。

「昔の恋人からもらった指輪です」

閉じると、ぱたん、と小気味いい音を立てる。

「けっこうです。ではこちらをおあずかりするとして、利息のほうはどうしますか？　あなたにとって今現在大切にしているものになりますが……」

「ええ、判っています。それはじゃあ、この指輪を。今の婚約者からもらったエンゲージリングです」

乙音はそう云って、左手の甲をこちらに見せた。薬指にはクロスラインの比較的シンプルな指輪がはまっている。ラインの一本に小粒のダイヤが連なっている優美なデザインだった。

「こちらは返ってきませんが、それでかまいませんか？」

「はい」

「あの……大切な指輪を失くして、婚約者のかたに怒られたりしませんか？」

たんたんと仕事を進める縫介の横でふたりのやりとりを聞いていたいろはだが、つい心配になってしまい口を出すと、乙音はきっぱりと「何とかなります」と云いきった。本人がそう云うのなら、他人の自分がこれ以上口を挟んでも仕方ないとあきらめる。

「ではこちらが質札です。願いが叶う時はこの札が教えてくれますよ」

「札が、ですか？」

手渡された札を乙音はしげしげと眺める。

「ええ、ですから肌身離さず持っていてください。願いが叶うよう、ぼく……ぼくたちも祈っています」

「はい、判りました。とにかくこれを持っていればいいんですね」

まだ今ひとつ納得できていないような表情を浮かべながらも、乙音は小さく頷いて、大事そうにバッグに札をしまった。

＊

電車に揺られながら、乙音は西島要《にしじまかなめ》のことを考えていた。要は八年前、乙音の前から忽然と姿を消した。貸した百万円とともに。

要と連絡がとれなくなった時、乙音は最初事故か何かに遭ったのではないかと本気で心配した。彼のひとり暮らしのアパートの部屋がひき払われ、勤めていた会社もいつの間にか辞めていたことを知ると呆然とした。いったい要と自分の身に何が起こったのか、訳が判らなかったのだ。

周囲の人々に訊いてまわると、気の毒そうであったり、冷たくあしらわれたり、時には叱責まじりであったりと反応はさまざまだったけれど、最後にはみんな口を揃えて「それは詐欺だ。結婚詐欺に騙されたんだよ」と答えた。どうしてみんなそんなに云いきれるのか、要のことを一番知っているのはわたしなのに、と乙音ははじめ憤慨した。だけど要から何の連絡もないまま時が過ぎると、そうかもしれないという気持ちがだんだんと自分の中で芽ばえていった。

要のことを判っていると自信を持っていた自分が、ほんとうは一番判っていなかったのかもしれない。

乙音は自分に失望した。何か自分をとり巻く大きなものに敗北したような気もした。それからは誰にも相談せず、要の何が嘘で何がほんとうだったのか、部屋にこもってひとりきりで考えた。要はどこから嘘をついていたのだろうか？　百万円を持って消えた時か、妹が病気で渡米手術費が必要という話をした時か、写真で見せられた妹だという少女、あの子はほんとうに要の妹だったのか。そもそも自分との出会い、それも仕組まれたものだったとしたら？

ふたりで過ごした時間、あれは何だったのだろう。

考えれば考えるほど判らなくなった。「騙された」と大声で叫んで、泣きわめくことができたならもっと楽だったかもしれない。けれどもどこからどこまで騙されたのか判らないのだから、そうすることもできなかった。乙音の心の片隅ではまだ要を信じたい気持ちがほんの少し残っていた。だから全部嘘だったと認めて手放しで泣けなかったのだ。

何度も何度も考えても答えは出ず、乙音は疲弊していった。無限のループに捕えられた自分は壊れていると思った。もうこんなことはよそう、乙音は考えることを放棄した。すると泣けない筈の両目から涙がつとこぼれた。それから涙はとまらなくなった。泣き叫ぶのではなく、さめざめと乙音は泣き続けた。

その涙も枯れた頃、乙音は陽だまりだけを見つめて生きていくことを決めた。明るくあたたかな陽だまりだけを。

仕事を続け、いくつかの趣味を持ち、友人を増やした。時間をもて余すとろくなことを考えない。乙音は要について考える時間を極力減らした。見ないふりをした暗がりに何か自分の思いもよらない真実の欠片が落っこちているのではないか、そうふと心にきざす瞬間があっても、もう暗がりに手をつっ込む勇気が持てなかった。なるべくそこから目をそらして、陽だまりだけを見つめて生きていくだけで精いっぱいだった。

そうしているうちに新しい恋人もできた。

恋人は男気のある人で、間違っても乙音にお金を貸してほしいと泣きついたり、何も云わずに逃げだしたりしないような人だった。この人なら信頼できる、黙って自分を置いていったりしない、乙音はやっと安心できる人にめぐり会えたと思った。

その彼からプロポーズを受けて、乙音はすぐに頷けなかった。

一生添い遂げる相手として彼以外には考えられない。でも今まで自分が目を背けてきた暗がりが、ほんとうにこのままでいいのかと乙音に問いかけたのだ。心のわだかまりをそのままにして結婚すれば、きっとどこかでぼろが出る。ぼろとはこの場合、自分の弱さを指していた。弱さとはずるさだ、と乙音は思った。恋人でいる間は、陽だまりにいる自分と相手だけで世界を繕うことができた。けれども結婚してしまえばそうはいかない。陽だまりと暗がり、どちらも一緒にいる相手なのだ。すべてを共有することはできなくても、必要ならば、その暗がりに手をつっ込む勇気を持たなければ。

過去をそのままにしてきた自分にそれができるだろうか、と乙音は悩んだ。

あなたとは結婚したい。けれど少し時間をくれませんか。

乙音は自分の気持ちを正直に伝えた。要とのことは、お金の問題は伏せて前に話していたから、昔の恋人への想いがいまだに断ち切れていないと彼は勘違いしたかもしれない。それも仕方ないことだと乙音は覚悟した。真実は何もかも判ってからきちんと話そうと心に決めたのだ。

はっきりとした理由を口にせず、もう少し待ってほしいと頼む乙音に彼は一瞬驚いた表情を見せたが、結局、きみの気のすむまで待ってるよ、と云って指輪をくれた。ぼくには過去のきみも含めて今のきみを受けとめる準備ができているんだと云い添えて。

その日から、自分なりに出所後の要の行方を調べたがどうしても見つけられなかった。数少ない昔の共通の知人に何か知らないかとひさしぶりに連絡をとると、あんなやつのことは忘れたし、こんなことはやめるよう説得された。乙音が過去をひきずり続けていると心配しての助言だったが、そういう理由で要を捜しているのではないと説明してもあまり判ってもらえなかったようだ。知人にとって要とのつきあいは過去の汚点であって、もはや思いだすのも嫌らしかった。

自分だってそんな風に要の存在を無視して生きてきたのに、いないと思うとますます会いたくなった。会って、直接真実を確かめる。他人からとやかく云われるのはもううんざりだ。自分の目で見、耳で聞き、そうすることでしか暗がりの真実の欠片にはけっして届かない。けれども現在の住まいも働く場所も判らないのではどうしようもない。乙音が途方に暮れかけた頃、ふと以前勤めていた同僚の受付嬢から飲みの席で聞いた不思議な質屋の話を思いだした。願いを叶える質屋だなんて、怪しげな都市伝説の類《たぐい》かとその時は笑い飛ばしていたが妙に気にかかった。

さっそく同僚に連絡して訊ねてみると、はじめかなり嫌がられた。冗談半分に訪れていい場所ではないのだと、酔っていたとはいえ、その話を軽々しく口にしたことをどうやら後悔しているようだった。それでも本気なのだと必死で彼女を説きふせ、何とか店の名前と場所とを聞きだした。電話の切り際、大切なものを失うことになっても知らないよ、と、その子は心配するのと責任逃れのちょうど中間ぐらいの感じで捨て台詞を吐いた。そんな経緯があって、乙音は藁《わら》にもすがる思いで店にやってきたのだった。

縫介といろはの前では堂々と落ち着いた大人の女性としてふるまった乙音だったが、正直に云うと、にじやののれんを見つけてから中に入るまでけっこう迷った。ほんとうにここで願いを叶えてくれるのかと訝《いぶか》りながら、はじめは遠巻きに、店に近づいてからも入り口の前をいったりきたりした。自分を奮いたたせ、他に方法がないのだからと飛び込んだけれど、声をかけられるまではなかなか次の一歩が踏みだせなかった。それでも外見上は余裕のある態度でいられたのは、受付嬢としての経験と、他人に弱みを見せたくないという昔からの性分によるところも大いにあった。

吊り革に摑まった自分の左手を走る電車の暗い窓に映してみる。薬指で指輪が光っている。消えた過去の恋人に会う代わりに失う予定のもの。いろはには「何とかなる」と強がって云ってしまったけれど、失くしていい訳がなかった。乙音にとってこれは新しい未来への切符であり、過去への未練を消し去るために必要なアイテムになる筈のものだった。それを自ら手放す自分を莫迦だと思う。思うけれど仕方ない。今までの自分でいる限り、どちらにしろこの指輪を受けとる資格は永久にないのだから。

ごめんなさい、と心の中で謝った。

そして暗がりに手を入れた自分が摑むものがきらりと光る鉱石であっても汚い泥だんごであっても、きちんと見届けようと強く想った。

いつもの駅に降りたつと、乙音はショルダーバッグを軽くかけ直した。開いているファスナーの口を覗きこみ、にじや質店でもらった札があることを確認する。札に特段変化があるようには見えなかった。ほんとうにこんなもので要の居場所が判るのだろうか、と不安がよぎる。

ずいぶんと遅くなってしまった。

乙音の勤める会社はほとんど残業がない。遅くまで残業する社員もいるにはいるが、受付は時間どおり閉めるので片づけさえしてしまえばだいたい同じ時間に終わるのだ。だからそのあとの予定を入れやすく、同僚たちはそれぞれアフターファイブを有効に活用している。合コンや婚活に励んだり、自分磨きにいそしんだり、受付嬢という職業がら派手に見られることも多いけれど、みんなふつうの女の子たちだ。ただ外見上は容姿端麗とまではいかなくても、清潔で有能そうに見られるよう努力しないといけない。疲れていても笑顔は常に自分の最上級のものを用意しておくよう訓練されているのだ。

かつん、かつん、かつん、かつん。

夜道に高いヒールの靴音が響く。

こんなもの、ほんとうは苦手だった。要はかっこいいとほめてくれたから云えなかったけれど、会社の先輩に履くよう云われていたから仕方なく履いていただけだった。今ではこれも働く女の武装の一部だと割りきって履いてはいるが、要とのことがあって何か趣味を持とうと考えた時に今までやったこともなかった山登りがまず浮かんだのは、このハイヒールを脱ぎ捨てて自由になりたいという思いがあったからかもしれない。

新しい恋人と出会ったのは、この山登りの社会人サークルでだった。本格的というにはほど遠い登山とハイキングを足して二で割ったようなサークルだったけれど、勤め人にはちょうどいいくらいの運動で、自然の中でおいしい空気を吸ったりいい汗をかいたりしてけっこう楽しかった。武装解除した身体は軽くのびのび過ごせたし、無理をしないで人とつきあうことも覚えた。確かにそこは陽だまりだったのだと思う。

街灯のない道を曲がる。

このあたりは夜間女性ひとりで歩くには物騒な道だ。乙音も暗くなってからはわざわざ選ばないようにしている。それを無意識に曲がってしまったのは、考えごとをしていたからだろうか。

違う、そうじゃない。

道は明るかった。もちろん、昼間のような明るさではないが、夜空に皓々と輝く満月のおかげで、道の暗さを忘れていたのだ。

いつもは足早に通り過ぎるだけの道で乙音は立ちどまった。

月のあかりでできた自分の影が、妙にくっきり夜道に浮かびあがる。わたしってこんな形をしていたのだっけ、と目を奪われる。影をこんな風に一生けんめい見つめるなんていつ以来だろう。もしかしたら子どもの時以来かもしれない、などとぼんやり考えていると、その影の左手から何かがころんと転がり落ちていった。

「え、何？」

訳が判らず、咄嗟に左手を右手で押さえていた。でもそこに指輪はなかった。あたり前だ。指輪は乙音を待つことなく、すでに道の先をころころと転がっていた。

「ちょっと待って」

声をかけたところで指輪が待ってくれる筈もないのだが、乙音のほうもそうとう焦っていた。失くしてもいいと覚悟した指輪だけれど、願いはまだ何も叶ってはいない。ここで失くす訳にはいかないのだ。

すぐにとまるだろうと思った指輪はまったくその気配もなく、どんどん転がっていく。舗装されているとはいえ、なんでそんなに順調に走ることができるのか不思議だった。指輪は小さな車輪のようにくるくるとよくまわった。そのうえカーブではバランスをとるようにうまく傾いて曲がってみせるではないか。

まるで輪転がしだ。昔、何かで見たことがある。大きな建物の横で黒い影の女の子が輪っかのようなものを棒でまわしながら駆けている。あれは誰の絵だったたろ

たんと道に倒れ込んだのだ。やれやれと脱いだハイヒールを履いてから近づくと、

　転がる指輪と乙音の追いかけっこはふいに終わった。指輪があきらめたようにぱ

がんばれ、と自分を励ました。

必死で走った。息が切れて苦しいけれど、あともう少しで追いつきそうなんだから

よく判らない。白い大きな建物の横を指輪は転がっていく。月あかりの下、乙音は

　やがて乙音は比較的広い通りに出た。指輪ばかり追っていたのでここがどこだか

まえないと、乙音の願いは叶えられないのだ。

通らない見知らぬ道に入り込んでいたが気にしてはいられない。とにかく指輪を捕

イヒールを脱ぎ捨てた。片手に提げ、けんめいに追いかける。いつの間にかふだん

　指輪との距離が離されていく。ここで見失っては大変だと、乙音は走りにくいハ

よって転がされているのだろうか。

っているようにも見えた。それとも棒が見えないだけで、もっと大きな何かの力に

　でも今目の先でまわっている指輪に棒はついていない。指輪は自らの意思で転が

ないが、なぜか強く印象に残っていた。

しまったけれど、作者の名前とともに神秘的な絵だった。乙音は絵画にくわしくは

う。……キリコ？　そう、キリコだ。ジョルジョ・デ・キリコ。タイトルは忘れて

乙音は一度大きく深呼吸してから指輪を拾った。これでどうにか願いは叶えられそうだ、そう思った時だった。

肩にかけていたショルダーバッグの口から、突然まぶしい光が放たれた。

「きゃあ」

驚いてのけぞった拍子にせっかく拾った指輪をとり落としてしまう。

「やだ」

指輪はあっという間に建物の横の暗闇へと消えていった。一瞬、再び指輪を探すべきか迷ったが、乙音はとりあえず異変の起こったバッグを肩からおろし、急いで光のもとを探った。光っていたのはにじや質店から手渡されたあの札だった。

これが合図ってこと？

半信半疑ながら札をとり出した。表裏と眺めても、札は光るばかりで何がどう合図なのか判らない。乙音はいらいらしたように札をふってみたが、そんなことをしたところで変化はなかった。困り果てて札を見おろしていると、次の瞬間、目がくらみそうなほどひときわ強く光った。

まるで満月の光を反射しているみたいだわ。

札は今度はただ光るだけではなく、手鏡にあたってはね返った時のように一定の方向に光の帯を伸ばしていた。しかし手の傾きとは無関係なようで、ある一点に集中している。光が暗闇に浮かびあがらせたのは、今まで乙音が塀沿いを走っていた大きな建物の入り口に書いてあるこの場所の名前だった。

一字ずつ文字を目で追い、乙音はゆっくりと読みあげた。

「……月羽根《つきはね》総合病院」

次の日、乙音ははやる気持ちを抑えながら月羽根総合病院に向かった。昨夜はほとんど眠れなかった。要に会えるかもしれないという期待もだが、札が示したその場所が病院であったことに乙音は不安を募らせていた。要はあそこに入院しているのか？　明日もし要に会えるとして、その彼は元気な姿で自分の前に現れてくれるのかと想像するとこわくなった。

病院の入り口の自動ドアに患者やその家族と思しき人々が次々に吸い込まれていく。いったいあの大きな白い箱の中にどれだけの人間がいるのだろう。そのひとりが要である可能性を考えると足がすくみそうになる。ふいに乙音の横を救急車がサイレンを鳴らしながら通り過ぎた。その音に不安がいっそうかき立てられ、逃げるように自動ドアに飛び込んだ。

受付の前でしばらくためらう。見舞いだと伝えれば部屋番号を教えてくれるだろうか。見舞客らしい花や品物を持っていない自分は怪しまれたりしないだろうか。自信はないけれど他に方法が思いつかないのだから仕方ない。乙音は長年の仕事で培《つちか》った笑顔を浮かべながら、受付に近づいた。

「すみません」

「はい、何でしょう？」

病院の受付の制服を着た若い女性が顔をあげる。

「西島要さんの病室を教えていただきたいんですが」

「ニシジマカナメさま、ですか？」

「ええ。お見舞いにきたんですけど、部屋番号が判らなくて」

「少々お待ちください」

やや事務的な口調だが感じは悪くない。これなら教えてくれそうだと乙音は内心ほっとする。

パソコン上の電子カルテを操作し、何かの記録を調べてくれたらしい女性は、「お名前をお願いできますか？」と乙音に訊いてきた。

「笹井乙音と申します」

「ありがとうございます……あの、笹井さま」

「はい」

「あいにくですが、ニシジマカナメさまという患者さまは当院にはいらっしゃらないようです」

「え？」

声をあげる乙音に、申し訳ございません、と受付の女性は深々と頭をさげた。

いないとはどういうことだ。札が光ったあれが合図でない筈がない。それに今の女性の態度には違和感があった。他の人なら気づかないようなことかもしれないが、自分も日々会社の受付で来客に関わっている者として、会話の途中の微妙な間というか持っていきかたが何かおかしいと感じたのだ。ほんとうに要がいないのであれば、あんな風に謝りながら深々と頭をさげる必要はないのではなかろうか。乙音の名前を訊いてきたタイミングも最初ではなく、パソコンを操作しながらだ。まさか自分がやってくるとは要も夢にも思わないだろうが、受付の対応に避けられているような気がしてならなかった。

「ほんとうにいませんか？　西島要です。大切な話があって、どうしても彼に会わないといけないんです」

このまま帰る訳にはいかないと乙音は食いさがった。

「いらっしゃいませんので」

「まさか面会謝絶とか、そういうことですか？　だから誰にも会えないとか」

「いいえ、違います。さきほどから申しあげているとおり、当院にはいらっしゃらない、そういうことです」

語尾がだんだんきつくなっていく女性を見て、さっきのは自分の勘違いだったのかと乙音は唇を噛んだ。他に要がこの病院にいる理由を考えると、やはり重い病気を患っていたという妹の遥《はるか》のつきそいぐらいしか思いつかなかった。それもまた要の話がほんとうだったらという条件つきだが、乙音は一か八か賭けてみることにした。

「じゃあ、遥ちゃん。入院中なのは西島遥ちゃんかもしれません。それならどうですか？」

食ってかかるように訊ねると、一瞬受付の女性の目が泳いだのを乙音は見逃さなかった。

「西島遥さんのほう、ですよね」

「ええ」

「えっと、あの……ちょっとお待ちください」

明らかにさきほどとは異なる対応に、こちらが面食らうくらいだった。それにしても、遥さんのほう、とはどういう意味なのか。女性は今度はパソコンには目を向けず、電話の受話器を見ながら何事か思案しているようだった。その姿は何か想定外のできごとに出くわして困惑しているみたいに見えた。

「西島遥ちゃんならどうしたって云うんですか？」

思わず大声で訊いていた。意味が判らなくていらいらする。こんなことをしている時間がもったいなかった。要に会えるのか会えないのか、はやく知りたいだけなのに。

「……あの、すみません。わたしに何か御用ですか？」

突然うしろから声をかけられた。受付の女性が声の人物に気づき、ちょうどよかったわ、と小さく呟く。ふり向いた乙音は目を丸くした。

「……もしかして、遥ちゃん？」

「はい。西島遥です。乙音さん……ですか？」

「……ええ」

そこには写真で見覚えのある少女が大人になった姿でこちらを見ていた。要の妹の遥に間違いなかった。すぐに言葉が出ないほど乙音が驚いたのは、遥がパジャマ姿の入院患者ではなく、ケーシー白衣を着た病院のスタッフの恰好をして立っていたからだった。

乙音は遥の案内で、病棟の談話ルームという場所に連れていかれた。そこはテレビや雑誌などが置いてあり、入院患者たちが自由に時間を過ごすところのようだった。病院という場所がらか、声高にしゃべる者はおらず、それぞれのグループで聞こえるほどの控えめな声で会話しているようだった。

「すみません、こんな場所で」

他のグループから離れた隅の席を勧められ、乙音は素直に腰かけた。

「ううん、大丈夫。それより遥ちゃん、わたしのこと、よく判ったわね」

「兄から写真を見せてもらっていたので……といっても、昔にですけど」

「そっか。わたしも写真でだけ。あの頃は中学生くらいだったかしら？」

写真の中ではぶかぶかの制服を着て痩せっぽちだったのが、まさかこんな形で大人になった遥に出会うことになろうとは。

「そうですね、それくらいだと思います」

　そこまで話して沈黙が続いた。

　何をどう訊いていいのか、乙音には判らなかった。たぶん、遥もそうなのだろう。次にためらいがちに口を開いたのは遥のほうだった。

「……兄の事件のことはご存じですか？」

「ええ、知ってる」

「そうですか」

　ふう、と遥が小さくため息をついた。身内の立場で兄の昔の恋人と会うのもなかなか複雑な心境なのだろうと乙音は思う。

「もしかして、兄は乙音さんにもお金を？」

　はっとした表情で遥が乙音を見返した。その不安で今にも崩れそうな顔を見て、乙音は何ともいえない気持ちになった。ごまかすように咄嗟に笑顔を浮かべる。

「う、ううん。そんなことないから大丈夫よ。それより遥ちゃん、元気になったんだね」

　これも一種の賭けだった。命の危険さえあると聞かされていた遥がこうして目の前で立派に成長した姿を見せている、それ自体はよろこばしいことだけれど、もしかしたら病気の話も要の嘘だった可能性を考えると、遥の返答次第で自分が騙されていたかどうか判る筈だと乙音は身を硬くした。

「ええ、もうすっかり。みなさんのおかげでわたしは生きてます」

「渡米して手術を受けたの？　みなさんって？」

遥の云う「みなさん」が詐欺の被害者だとしたらとんでもないことだと乙音は慌てる。

「渡米したのは高二の時です。病気……小児特発性拘束型心筋症《こうそくがたしんきんしょう》という名前ですが、その頃のわたしにはなるべくはやい心臓移植が必要で、そのための費用をどうにかしようと兄はひとりで悩んだ末、思い余って詐欺に手を染めました。兄が捕まって、はからずもその事件のおかげでわたしの病気が世間の人たちに知れ渡ることになったんです。詐欺で騙しとったお金はすべて被害者のかたへの返済にあてられましたが、しばらくするとわたしの境遇に同情してくれた人たちが支援団体を設立してくれたんです。その熱心な募金活動のおかげで手術に必要なお金は集まりました。兄ひとりの力ではどうにもならなかったことが、大勢の人々の善意でなら達成することができた。皮肉なことですけど、ほんとうにありがたいことだと感謝しています」

「そうだったのね」

全然知らなかった。あの頃は要が架空の投資まがいの詐欺で捕まったらしいと聞いて、そんなニュースや記事は見たくないとテレビや新聞から遠ざかっていたのだ。

「手術は無事成功しました。わたしはそれから医療系に進もうと決心したんです。いろんな人たちに助けてもらって、少しでも恩返しするにはそれしかないかなって。それで放射線技師になってこの病院で働きはじめたんです」

「遥ちゃん、えらいわね」

「いえいえ、まだ新米ですし、失敗も多くて情けないです」

「そんなのはじめは誰でもそうよ。わたしも若い頃はたくさん失敗してきたわ」

「乙音さんでも？　けど、兄はいつも乙音さんはしっかり者で、仕事もがんばっててすごいって云ってましたよ」

そんなことを要は云っていたのかと知り、乙音は赤くなりながら胸の前で手をふった。

「全然そんなことない。勘違いよ」

あの頃は自分も勤めて数年が経ち、新人の時のようなミスもさすがになくなり、一人前の社会人になれた気分だった。どこか変な自信を持っていて、仕事と恋愛を両立できる自分に酔っていた気もする。そういうのが勘違いだったと年を重ねるごとに徐々に気づいていくのがほんとうの社会人なんだろうと最近思うようになった。

「兄に会いにきてくれたんですよね」

「ええ、でも、受付でそんな患者はいないと云われてしまったわ」

「すみません、乙音さん。あれはそういう決まりなんです」

遥はそう云って、申し訳なさそうに頭をさげた。

「決まり？」

「はい。近頃は個人情報の扱いがきびしくて。入院患者さんには入院時に部屋番号を教えてよいかどうかの同意をとるんです。問題ないということでしたら、訪ねてこられたかたにはお教えしてるんですけど、遠慮したいという人の場合、基本的にはとり次がないことになっています。あらかじめお見舞いにこられるかたの名前を控えておいて、それ以外のかたには入院していることを秘密にするというのが病院の方針なんです」

「はあ、徹底しているのね」

「ちゃんとした院内マニュアルがありますから。兄はあんな事件を起こしたこともあって、会社の人と家族以外の面会は断っていました。でもまさか乙音さんが訪ねてくるなんて思いもしなくて……」

「そうなの。じゃあ、お兄さんはやっぱり入院を？」

乙音はおそるおそる訊ねた。ひょっとして要は重い病気なのだろうか、そんな心配が胸をかすめる。

「ええ。これから案内しますね」

先に立つ遥の白衣の背中は頼もしい。乙音は安堵と不安が入りまじった気持ちであとに続いた。


病室のドアを開ける瞬間、乙音は反射的に目をつむりそうになった。そんな弱腰ではいけないと自分を鼓舞し、背すじを伸ばす。

ドアの向こうのベッドの上に要はいた。右足を何やら固定された姿で、額にもガーゼが貼ってあった。

「……乙音⁉」

驚いた要の声はしっかりしており、乙音は気づかれないよう小さく息を吐いた。

「ひさしぶりね。どうしたの、それ？」

「どうしたって……、仕事で高いところから落ちて足を骨折したんだよ。それよりぼくのほうこそどうしたのかって訊きたいよ。よくここが判ったね」

「それは、まあ」

と言葉を濁す。まさか光る札に導かれてやってきたと云っても信じてはもらえまい。

「元気だった？　あ、元気じゃないから入院してるんだよね」

「まあ、そうだけど。でも、元気だよ。今、建築現場で働かせてもらってるんだ」

「要が？　何だか想像がつかない」

昔は体力系とは縁がない仕事に就いていた。けれど要の云うとおり、入院患者にしてはよく陽に焼けて健康そうだと乙音は思った。

「想像がつかない、か。乙音からすれば、ぼくは想像がつかないことばかりしでかしてきたんだよな。きみにひどいことをして、消えた。最低だな」

「………」

「ここで謝ってもいいんだろうか？」

「謝ってもらいにきたんじゃないの」

「………」

立っていると落ち着かなくて、手近にあった見舞客用の丸椅子に腰をおろした。

「さっき遥ちゃんに会ったわ。すっかり大人になって、元気になって、ほんとうによかった」

「ああ、ありがとう」

遥の話題を持ちだすと、要の顔からわずかに硬さが消えた。

「乙音は？　どうしてた？」

「わたしは……そうね、そんなに変わらないかな。仕事は続けて、趣味を増やしたりしたけれど……ううん、やっぱり変わった、と思う」

陽だまりだけを見続けた自分は何かをごまかしていただけで、ほんとうはたいして変わってはいないのかもしれない。でも心に受けた痛手をやわらげるのにそんな時間も必要だったのだと思う。変わっていなくても変わりたい、この病室のドアを開けた瞬間から自分は確かに変わったのだと、乙音は要に云いたかった。

「わたし、近々結婚するの」

「そうか、それはおめでとう」

おだやかに要はほほえんだ。乙音のしあわせを心から祝福してくれているようだった。要がこういう顔で笑う人だったことを、乙音はなつかしく思いだしていた。もうもどらない時間の中で、甘く苦しい想いが湧きあがる。それを何とか押しとどめて乙音は自分も笑顔を浮かべた。

「ありがとう」

それからはお互いの近況をぽつりぽつりと話した。

要は出所後、再就職に苦労したが、現在の会社で採用されてからまじめに働いているようだった。社長は要の前科を知ったうえで雇い入れてくれたらしい。経歴を隠して再就職する者が多い中で、それは珍しいことだという。その恩義に報いるためにも一生けんめい働きたいと要は熱っぽく話した。

「身体を動かしていると、余計なことを考えなくてすむんだ」

そんな風にも云った。

乙音はそれを黙って聞いた。もしかしたら今の要はかつての自分のような状態なのかもしれないとも考えた。汗をかき、頭をからっぽにして生きること、人のあたたかさに触れること、無理をしない自分を見つけること。そこは要の陽だまりだ。陽だまりは自分ひとりではつくれない。要にもそんな場所があってよかったと心から乙音は思う。そしてまた一方で、刑に服し、騙したお金を被害者の人たちに返したとはいえ、ほんとうの意味で要の贖罪《しょくざい》がはじまるのは、それよりもっと先の未来のことなのだろう、と静かに考えた。

それを今ここで云うつもりはない。要がいつか自分で選択することだと思ったし、その未来に乙音はいないのだ。見届けることのできない未来に責任は持てない。冷たいようだけど本心だった。

わたしたちは別々の道を生きるのだから。

乙音の中ではっきりと決別の時が近づいているのが判った。要にもそれが伝わったのかもしれない。ふと会話が途切れると、要はまぶしいものを見るように目を細めて云った。

「やっぱり乙音はかっこいいな」

「わたし今日、ハイヒールできてないわよ」

そう答えると、要は目をぱちくりさせた。

「ええ？　どうしてそうなるの？」

「だって昔、よく云ってくれてたじゃない。ハイヒールにスーツ姿のわたしを見て、かっこいいなって」

「違うよ。そういう意味じゃない。今も昔もハイヒールがかっこいいんじゃなくて、まっすぐ自分で立とうとする乙音がぼくにはかっこよく見えたんだ」

「……そうなんだ」

なあんだ、と思った。なあんだ、勘違いしてたのはわたしのほう。肩ひじ張って、何でもできる気になって、なけなしのお金で要と遥ちゃんを自分が救えるくらいに思いあがっていた。もしあの頃のわたしに今のわたしの冷静さが少しでもあったなら、安易にお金を貸すことよりも、もっと他の解決策を一緒に考えることもできた筈だった。要がひとりで悩みを抱えて追い込まれ、してはいけないことに手を染める前に……。

後悔の波が押し寄せる。

乙音は軽く唇を嚙んで、目を閉じた。自分は全然かっこよくない。けれどもこの波に呑み込まれる訳にはいかないのだ。過去はもどらない、未来に進む。乙音は波打ち際を裸足《はだし》で踏んばって立っている自分を思い浮かべた。

ゆっくりと目を開ける。

「最後にひとつ訊いてもいい？」

「ああ」

「あなたはわたしを騙したの？　それはどこから？」

要はじっと乙音の目を見つめながらこう答えた。

「はじめから、全部だよ」

「ふたりで過ごした時間も、全部嘘？」

「そうだよ。ぼくは最初からきみを騙すつもりで近づいた。ぼくにはお金が必要だった。恋人になったのもそのためだよ。あれは詐欺だったんだ」

*

数日後、カフェ虹夜鳥に乙音が笑顔で現れた。今日はフラットシューズにジーンズというラフな恰好だった。

「こんにちは」

「ああ、こちらにどうぞ。コーヒーでいいですか?」

「ええ、ありがとうございます」

いろはは乙音をカウンターに案内すると、その横顔をそっと窺った。この人の願いは叶ったのだろうか。叶ったとしても、それは望む結果だったのだろうか、そう考えると自分のほうがどきどきしてくる。こんなにすっきりとした笑顔なのだから、きっといい結果だったのだと思いたい。

「願いは叶いましたか?」

「はい」

「それはよかった。会えたんですね」

「ええ、会っていろいろと話をしました。彼、出所してからまじめに働いていたみたいです。それで怪我をして入院中だったんですけど、もうすぐ退院だって。陽に焼けて健康そうで、あの頃の彼とは別人みたいでした」

縫介は話を聞きながら、丁寧にコーヒーを淹れていく。

「お砂糖とミルクは？」

「いえ、ブラックで大丈夫です」

「どうぞ」

カウンターの中から手を伸ばし、縫介がコーヒーカップを乙音の前に置いた。乙音はカップを手に持ち、いい香り、と小さく呟いてひとくち飲んだ。

「おいしいです」

「ありがとうございます。コーヒーぐらいしか取り柄のない店ですが」

「そんなことない、すてきなお店。この間やってきた時は暗くて全然判らなかった。手探りで前に進むみたいな感じで。あの時の自分の気持ちと同じだわ」

「それで、もやもやは晴れましたか？」

「ええ、もうすっきり」

そう云って、またひとくちコーヒーを飲んだ。カップを静かに置く。

「やっぱりわたし、騙されていました」

笑みを湛えたままの乙音の顔を見て、いろはは一瞬自分が聞き間違ったのかと思ったほどだ。けれども乙音は順を追い、要とのやりとりを聞かせてくれた。彼は乙音にすべて詐欺だったと云いきった。お金も返してもらわなかったそうだ。妹の遥の病気が治ったことだけは救いだった。

「納得されたのですね」

縫介が訊ねると、乙音は「はい」と頷いた。

「彼の言葉を聞いてふんぎりがつきました。過去のことはきっぱりと忘れ、わたしは新しい恋人との未来に生きると決めました」

「判りました。では、質草をお返しします」

縫介は奥の小部屋の鍵をとり出し、いろはさん、と声をかけた。

「箱から指輪ケースをとってきてもらえますか」

「あ、はい」

どうしてわたしが、といろはは云いかけたが、よく考えてみれば箱の鍵を持っているのは自分だったことを思いだし、急いで小部屋にとりにいった。縫介がいない時に部屋に入るのははじめてだった。電気を点けてもカフェのように明るくはならない部屋は、しんと静まって空気がひんやりとしている。保管用に湿度が調整されているのか、それとも本来の質蔵としての機能がこの部屋では生かされたままなのか、開放されたカフェの店内に入りこむ湿気とは無縁の空間だった。

いろははエプロンのポケットから鍵を出して箱の南京錠を開けた。いつ見てもうつくしい蒔絵の厨子だが、ひとりでいると急に心細いようなこわいような気持ちになった。不思議な力を持つという箱の扉を開けると、自分自身が吸い込まれそうな錯覚に陥って、目的の指輪ケースを手にとると急いで閉めた。鍵をかけるとほっと息をつく。今の感覚は何なのだろう。気のせいだと判っていても、箱の魔力が人をひきつけるのかもしれないといろはは思った。

店内にもどり、指輪ケースを乙音に差しだした。過去を忘れると決心したばかりの乙音に、今さらこの指輪を渡してどうなるのだろうと思いながら。

「お待たせしました。これが、あの……質草です」

他にどう表現していいのか判らなかったのでいろははそう云った。シチグサ、と声に出して云うと案外発音しにくかった。

「ありがとう」

乙音はにっこりと笑って受けとった。

「どうぞ中身をお確かめください」

縫介に促されてケースの蓋に手をやったところで、ふと思いついたように「ねえ、店長さん」と話しかけた。

「何でしょう？」

「この世界に神さまっていると思います？」

「さあ、どうでしょうか……」

縫介はあごに手をあてて考えている様子だった。顔をあげた時、いつもは薄い瞳の色がぐっと濃く深くなったようにいろはには見えた。

「いるかいないか判りませんが、ぼく個人の意見で云わせてもらえれば、いない、と感じた時ならあります」

「おかしいのね。こんな他人の願いを叶えるなんて神さまに近いような仕事をしているのに」

「それもそうですね」

おだやかな話しぶりに棘《とげ》は感じられない。けれども「いない」と断言した縫介に、いろはの胸はかすかにざわついていた。

「まあ、いいわ。とりあえずここは神さまがいると仮定して」

と前置きして、乙音は指輪ケースの蓋をぱかんと開けた。

「あ」

いろはたちは思わず声を揃えた。そこには見覚えのある指輪——乙音が失くしてもいいと約束した現在の婚約者からもらった指輪とそっくりの指輪が入っていた。質草としてあずかったあの夜は、乙音が指輪ケースごと差しだして中身をちらっとしか見せなかったから気づかなかったのだ。

「わたしにだってひとつくらい、嘘があっても神さまは許してくれるわよね」

そう云って指輪を摘みあげると左手の薬指にはめた。クロスラインの指輪に小粒のダイヤがきれいに一列に並んでいる。どこからどう見ても同じ指輪だった。実は過去の自分もひっくるめて受けいれると誓ってくれた婚約者が、昔の恋人からもらった指輪と同じものをプレゼントしてくれていたのだと乙音は説明した。もしかしたらその指輪で、乙音の過去を上書きしてしまいたいという意味もあったのかもしれない。

「それじゃあ」

乙音はその手をひらりとひとふりすると、唖然《あぜん》とするふたりを置きざりにして店を出ていった。

そして陽だまりと暗がりを交互にしっかりと踏みしめながら、昔の恋人の指輪をつけたまま、堂々と新しい恋人のもとへと帰っていった。

乙音が去ったあと、洗いものをしていたいろはが縫介をふり返ってさっきから考えていた疑問をぶつけた。

「やっぱりわたし、何だか納得できません」

「ん？　何がですか？」

「えっと……」

手についた泡を急いで洗い流し、タオルで少々乱暴に拭うといろはは縫介のほうに向き直った。

「どうして乙音さんは最後に昔の恋人の言葉を信じたんでしょう？」

「どういう意味ですか？」

「乙音さんをはじめから騙すつもりだったって、あれ。わたしはそれも嘘だと思うんです」

いろはは不服そうにしゃべった。

「だってその恋人、妹さんが病気で渡米手術費が足りないって理由を正直に話してからお金を借りていたじゃないですか、乙音さんにだけは。でも他の人たちは違った。架空の投資まがいの立派な詐欺で、もちろん妹さんの話なんて出てくる訳ないし、たぶん騙すためにいろいろ小細工して計画したんだと思うんです。集めたお金を最初から返す気もなかったのかもしれません」

「そうかもしれませんね」

「ね、だから、乙音さんの時にはふつうに困ってお金を借りて、そのうち手術費用のためのお金の工面が間に合わなくなって他人への詐欺に手を染めてしまったけれど、ほんとうはいつか返そうとしてたんじゃないかなって。結果的に返せなかっただけで、はじめは騙すつもりなんてなかったとは考えられませんか？　少なくともわたしはそう思いたいです」

生真面目な顔で説明するいろはに向かって、縫介はおだやかな笑みを浮かべながら頷いた。

「そういうこと、乙音さんも気づいていたんじゃないかな」

「え、どういうことですか？」

驚いていろはは問い返す。

「信じたんじゃなくて、きっと、今度こそきちんと騙されてあげたんですよ。そのほうがお互いの未来にとって最善だと乙音さんは考えたんでしょう」

「……なるほど」

縫介の云うとおりかもしれない。いろははもう一度、なるほど、と低く呟いた。

「どうしてこわい顔をしてるんです？」

「してませんよ。ただもどかしいというか、切ない話だなって……」

乙音は真実を知りたくて昔の恋人に会いにいった筈なのに、最後は嘘の言葉を信じるふりをして別れたのだ。それは年若いいろはにはまだちょっと理解できない、かなしい別れかたであるように思えた。けれどもお互いを想いあうことのできたふたりはにせものじゃない、ほんものの恋人同士だったのだとも思う。たとえ未来を一緒に歩めなくても、ふたりは離れた場所でお互いのしあわせを願いながら生きるだろう。

そんな人に自分もいつかめぐり会えるだろうか、といろははぼんやり考える。

「まあまあ、そう怒らずに」

「別に怒ってませんったら。ちょっとぼおっとしてただけです」

むっとした調子で返事するいろはを縫介はどこかおもしろそうに見ている。

「それは失礼しました。さてと、ぼくたちも少し休憩しましょう。いろはさんはカフェオレでいいですか？」

「はい、お願いします」

「今日はハチミツ入りにしておきますね」

「……………」

どうも子ども扱いされているようだと感じながら、いろははカウンターの端に腰をかけ、この小さな陽だまりのような場所から乙音のしあわせをささやかに祈った。

おふくろの味

居酒屋みなみの店主、三波拓朗《みなみたくろう》がにじや質店を訪れたのは、夜もずいぶんと更けた頃だった。

今夜は誰もきそうにないのでそろそろ店を閉めましょうか、と縫介が切りだした矢先、バタバタという足音とともに拓朗が現れたのだ。くたびれた感じの四十半ばの拓朗は、奥の小部屋までくるとドアに手をかけ、中をぐいっと覗きこんで訊ねた。

「大将、まだやってる？」

閉店間際に駆けこんだ酔客《すいきやく》のようなもの云いに、こういう客もくるのかといろははちょっとびっくりした。けれども縫介は驚く様子もなく、「ええ、もちろん」とさらりと答え、中に入るよう促した。

「いい満月ですね」

「ああ？」

拓朗が語尾を荒くあげたので、いろはは思わずびくっとする。何だかけんかでも売ってきそうな勢いだが、その威勢のよさも椅子にどかっと座った途端、またたく間に消えていった。

「月か……。そんなもの、見る余裕なかったな。ずっと店にいたから」

云われてみれば拓朗の身体からは串を焼いた時のような煙っぽいにおいがしていた。店名の入ったTシャツも着ており、店の途中に抜けてきたのかもしれない。

「大将、おれのこと、判るかい？」

「ええ。居酒屋みなみの三波さん。商店街の会合で何度かお目にかかってますよね」

「そうだよ、三波拓朗って云うんだ。驚いたな、ほんとうにこの店、やってたんだな」

云うと、感心したように小部屋の中をぐるりと見まわし、棚にあるいくつかの骨董品に目をとめるとあごをしゃくった。

「あれは野々原のじいさんの店の時の名残だろう？　ここの質屋、けっこう繁盛してたもんな。いや、質屋が商売繁盛ってのも変な話だけど……。じいさんの人柄かな。気持ちのいい人だったから。おれもよく声をかけてもらったよ。おふくろが死んで店をはじめた時も心配して様子を見にきてくれたりしてさ」

「そうだったんですか」

「あれから十五年か……」

拓朗はそう云うと思いの淵に沈みこむみたいな深いため息をついた。

「おれもまあ、がんばったほうかな」

その云いかたが全然自分をほめたようには聞こえず、いろはは少し心配になった。はじめはこわい人かと思ったがそういう訳ではないらしい。椅子に背を丸めて座る拓朗の姿は疲れきっているように見えた。

「大将の店は何年だっけ？」

「まだ一年とちょっとですね」

「そうか、そんなもんか。じゃあ、まだまだだな」

「ええ、まだまだです」

そんなやりとりを耳にしながら、いろはには何が「まだまだ」なのかよく判らなかったが、ともかくふたりは商店街では顔見知りであることだけは判った。この店自体はアーケードのある商店街の街並みからははずれた裏通りにあるけれども、店を営む者同士の会合に縫介がちゃんと出ているのが意外だった。うまく云えないが、縫介は周囲を気にせずひとりで店をやっているほうがイメージに合う。もしかしたら本人はそれでいいと思っているのかもしれないが、教授や、縫介の祖父を知っている近所の人々が放っておかないのかもしれない、といろはは推測した。

「それで……あの話はほんとうなのか？　満月の夜にこの店にきたら、願いを叶えてくれるっていう……」

拓朗がおずおずと上目遣いに訊いてきた。こんなことを口に出して笑われるんじゃないかと危惧《きぐ》しているらしい姿を目にすると、見ためよりも気の小さな人物に思われた。それを隠して威勢よくふるまっていたのかといろはは合点《がてん》がいった。

「ほんとうですよ」

縫介が簡潔に答えると、拓朗はわずかに目を見開いて、へえ、と声をあげた。

「おふくろから昔聞いたことがあったんだ。滅多によそ様には云うんじゃないよ、なんて釘刺してはじめるから何事かと思ったら、この店の話でさ。その頃はあんまり本気で聞いていなかったけどよ。だって嘘みたいな話だろ？　あの野々原のじいさん……いや、その頃はまだじいさんじゃなかったかな。ま、どっちだっていいや、ともかくおれの子どもの時からあるじいさんのにじやで、そんな怪しげなことをしてるなんて考えられなかったし」

「まあ、怪しいですよね」

「だろ？　商店街の七不思議のひとつみたいなもんだと思ってたよ」

「そんなのあるんですか?」

驚いていろはが口を挟む。しかし縫介は「さあ、ぼくはちょっと判らないですね」と知らない様子だ。

「あるんだよ。何だっけな、商店街の入り口にある黒招き猫の目が夜中になると光る、とか何とか。そういう、どこにでもありそうなやつ。でも今はその話はどうでもいいんだ。そうか、野々原のじいさんが死んでこの店もなくなって、おふくろの話を確かめることもできないと思っていたけど、孫のあんたが継いだってことなんだよな。えらいな、大将」

「そんなことないですよ」

縫介は謙遜しつつ首をふるが、拓朗は「そんなことないことない」と変な云いまわしで強調してみせた。それから、はあ、と大げさにため息をつくと肩を落とした。

「おれはさ、継がなかったからさ、おふくろの食堂。昔は食堂だったんだよ、おれの店。みなみ食堂って名前の。おふくろがひとりで切り盛りしてて、親父ははやくに亡くなったもんだから苦労してさ、おれを育ててくれた訳」

「そうでしたか」

「ああ。だから時々無性に食べたくなるんだよ、おふくろの味。忙しくてあんまりかまってもらった記憶もないけれど、食事だけはきちんとつくってくれたんだ。食堂の隅っこの席で、おふくろが働くのを見ながらよく食べたっけ。お客さんに出すのと同じメニューでも、おれのだけちょっとさ、違ってて、おまけでうずらの卵が一個多く入ってたり揚げが二枚入ってたりすんの、優越感だったなあ」

話しているうちに当時のことを思いだしたのか、拓朗はなつかしそうに目を細めて天井のあたりを見あげた。すっかり想いでに浸っているようだ。いろはは少年のような顔つきになった拓朗を見て、ちょっとうらやましくなった。母はいろはが幼い頃から入退院をくり返していたので、食事をいつも用意してくれるのは父であったり祖母であったりすることのほうが多かったからだ。

「いいお母さんですね」

気持ちをこめて云うと、拓朗は「だろ」と顔をもどし、にっとうれしそうに笑った。

「では、そろそろ願いのほうを……」

雑談ばかりでは埒《らち》があかないと思ったのか、縫介が少し表情をひきしめて、仕切り直すように願いを訊ねた。いろはの帰りがあまり遅くなってはいけないと気を遣ったのかもしれない。

けれども拓朗は再びちょっと怒ったような口調になって答えた。

「云っただろ、今」

「はい？」

「だからさ、おふくろの味。おれの願いはそれ。おふくろの味が食べたいんだよ、どうしても」

「……なるほど」

少し間を置いて返事してから、縫介は思案する時よくやるように細くて長い指をあごにあて難しい顔をした。

「何だよ。問題でもあるのか？　ここは願いごとなら何でも叶えてくれる質屋なんだろう？」

「何でもという訳にはいきませんよ。一応、願いごとには最低限のルールがありますから。確認のためにいくつか挙げると、まず、人の生死にかかわることは変えられません。たとえば誰かを殺してほしいとか、誰かを生き返らせてほしいとか。この場合ですと、おふくろの味のためにお母さんを生き返らせることはできません。それから、願いが叶うまでは他言無用……」

「わあってるよ、それぐらい」

拓朗はいらいらしたように「わあ」のところに力を入れて発音した。

「おふくろを生き返らせてほしいなんて誰も云ってないだろ。味だよ、味。それが食べられるのならどんな形でもいいんだよ。云ってみりゃ、夢でもいいんだって。ちゃんと再現できるんだったらな。それなら文句ないだろ」

「判りました。では願いはそれとして。質草は何か持っていらっしゃいますか？」

「おう」

拓朗は持っていた紙袋の中から折りたたまれた白い布をとり出した。布は黄ばんでところどころ薄い染みになっていて、洗っても落ちない年月を感じさせた。開いてみると「みなみ食堂」と書いてある。

「おふくろの店ののれんだよ。おふくろの味の想いでにこれ以上のものはないだろう？」

「そうですね、問題ないです。では利息はどうしましょうか？」

縫介が訊ねると、拓朗は緊張した面持ちで軽く息を吸い、意を決したように吐きだしながら一気に云った。

「おれの店でどうだ、大将」

「居酒屋みなみを……ということですか？」

縫介は一瞬目を細めたが、それ以上のリアクションはなかった。

「ああ、そうだ」

「店を失くしてもいい、と」

「まあな」

ふたりのやりとりを聞いていたいろはが慌ててとめに入る。

「ちょっと待ってください。いくらお母さんの味が恋しいからって、店を潰してもいいなんて代償が大きすぎます。考え直してください」

必死で訴えるが、拓朗のほうは「いいや」と首を横にふるだけで聞き入れそうもない。どうしたものかと縫介に目で合図を送っても、いろはのほうには目を向けず、黙って無表情に拓朗を見つめるだけだった。

弱々しく何度か首をふった挙句、拓朗は吐き捨てるように云った。

「どうせもう潰れそうな店なんだ」

「判りました。では、利息はご自分の現在の店を失うということで」

「これで願いは叶えてくれるのかい?」

「大丈夫。お引き受けしますよ」

そう云うと、さらさらと質札に記しはじめた。いろはにはもうとめる術がない。

縫介はいったい何を考えているのか、ほんとうにその条件で願いを請け負ってしまっていいものかといろはははひとりやきもきする。

「ありがとう、恩に着るよ」

札についての簡単な説明を受けると、拓朗は満足した様子で帰っていった。

店にふたりきりになると、いろはははたまらず縫介に訴えた。

「どうしてあんな利息でいいなんて云ったんですか。だって商店街の仲間なのに。お店を守るのがどれだけ大変なことか、縫介さんが一番よく判っている筈じゃないですか」

「ぼくが無理強いした訳ではないですよ」

突き放したようなもの云いにいろははは鼻白む。

「でも、他の利息にしたほうがいいと云ってあげれば三波さんは変更したかもしれない。わたしには利息を選ぶ基準は判らないですけど、お母さんの料理が食べたいという願いのために差しだす代償としてはあまりに大きすぎる気がします」

「そうかもしれませんね」

「だったら……」

なおも云い募ろうとするいろははだったが、感情のほうが昂《たかぶ》ってすぐに次の言葉が出てこなかった。縫介が客の何を見て判断しているのか判らない。なぜ知りあいの拓朗が店を捨てるとまで云っているのをとめないのか、すずしい顔で願いを聞き届けようとする狙いは何なのか。それとも縫介はただ冷たいだけの人間で、わざわざ客が失うものについて自ら助言するつもりなど毛頭ないのかもしれなかった。

おだやかでやさしい昼間の縫介と、感情の読めない謎めいた雰囲気の夜の縫介と、どちらがほんとうの彼の姿なのか、いろはいまだに判らないままだ。

「ひとつぼくに云えることは、あの利息は三波さんが自分で選んだってことです。前にも云いましたが、代償は本人が決めなければ意味がありません。ぼくはそれを見て、札を渡してよい相手か判断するだけの役目ですから」

「………」

それはそうなんだろう、けど……。

いろはは心の中で反論しかけ、でもこれ以上何を云っても無駄なような気もして、結局何も云わなかった。

＊

次の日の朝、拓朗はさっそく店の入り口に臨時休業の貼り紙をすると、ひとり中で待った。掘りごたつ式の座敷のあがり口にどっかり腰をおろし、腕を組んで店を見まわす。いつでもこい、という感じだ。

今日はもう店は開けないつもりだった。居酒屋なので開店は夕方五時からだが、ふだんは仕込みで昼前には店に出る。焼き鳥に串を刺したり、つきだし用の小鉢をつくったり、やることなら山ほどある。そのうちバイトの学生がきてくれて何とか準備を終え、そのまま開店、店は深夜まで営業している。毎日くたくたで家に帰り、妻の美姫《みき》のつくった簡単な晩ごはんをビールとともにかき込むと、風呂にも入らずソファで朝まで寝てしまうこともよくある話だ。翌朝、だらしない恰好で寝込む拓朗に、学校にいく準備を終えた娘の真琴《まこと》が冷ややかに「お父さん、くさいよ」と云い捨てて去っていくのを薄目で見送る。真琴ももう中学二年生、難しい年頃の娘をどう扱っていいのか拓朗は判らなかった。

そんな風に冷たい仕打ちを受けながらがんばっているのに、いつの頃からか店はどんどんうまくいかなくなっていった。年々客は減る一方で、せっかく準備した食材が無駄になることも多い。バイトの数を減らしたり、仕入れる食材を減らししつつも同じ材料をアレンジした料理でメニューの品数を工夫したりしてはみたが結果は芳しくなかった。もっと根本的な問題があるのだろうと頭では理解しているつもりでも、それが何なのか判らないまま目の前の作業に追われこなしていくうちに、ついに何らかの決断を下さなければならないところまできてしまった。

どうしておれはうまくいかなかったのかなあ。

うす暗い店内を眺めながら拓朗はぼんやり考える。そういえば店を休みにしたのはひさしぶりだと気づく。ゆっくりと考えごとをする余裕なんてなかった。拓朗は満月どころか、家族の顔さえこの頃はまともに見ていなかったのだ。

その代わりといっては何だが、やけに母の顔を思いだした。

店をどうにかしなければと思うたび、ちらちらと母の顔が浮かぶ。忙しいけれど楽しそうに食堂で働いていた母の顔だ。不思議と家で寛いでいる時の姿は思いだせない。店の先ゆきに不安を抱いているから、ここが食堂だった頃の記憶ばかりちらつくのだろうと拓朗は思う。

母が突然病で倒れて亡くなった時、拓朗は別の飲食店で働いていた。全国にチェーン展開する和食レストランだったが、給料もそこそこよく、新婚の拓朗にとってもそう悪い職場ではなかった。今考えれば、毎月安定したお金を得られるという点だけでもありがたいことだった。

ここは考えどころだぞ、と拓朗は思った。

母がいなくなったあとの食堂をどうするか、そろそろ決めないといけない時期に差しかかっていた。店を売りに出し、自分たちのマイホームの頭金にするという考えも浮かんだ。その頃すでに美姫のおなかには真琴がいた。生まれてくる子どものために新しい家と子ども部屋を用意するという案も悪くないと思った。何より美姫がその案を歓迎し、まだ拓朗が決心してもいないのに、住宅関係のパンフレットをとり寄せては、あーでもないこーでもないと見くらべてははしゃぎだした。

身重の妻に押しきられそうな流れを感じると、拓朗は急に逆らいたくなってきた。夫婦仲が悪い訳ではない。けれどもこのタイミングで美姫に主導権を渡していいものか、だっておれのおふくろの店なんだぞ、とおもしろくなく思ったのは確かだった。

それにおふくろだって自分が死んですぐに店がなくなったと知ったらかなしむだろう。あんなに一生けんめい働いて守ってきた店なのだ。売るより他に何かいい方法があるんじゃないだろうか……。

食堂を継ぐのは拓朗には無理だった。あの味は母にしか出せない味だと判っていたからだ。何かレシピノートのようなものがないかと遺品を探してみても、それらしきものは見つからず、拓朗はすぐにあきらめた。きっとおふくろの味は母の長年の勘に支えられてきたもので、レシピはすべて頭の中だったに違いない。それを持っておふくろは天国に旅立ってしまった、そう考えると、自分は何かとてつもなく大きなものを失ってしまったのだと今さらながらに呆然とした。

　気持ちをたて直すべく、拓朗が次に考えたのは「勝負に出る」というものだった。勝負に出るとはつまり、自分で新しい店をはじめるということだ。飲食業界で働く者なら誰しも一国一城の主になるという夢を見る。店を持ち、料理をつくり、客をもてなす。自分の采配で店が動くのだ。その夢への憧れは拓朗も例外ではなかった。

　当然のように美姫には反対された。店を改装して居酒屋をはじめるなんてどうかしている、お金はかかるしリスクもあるし、これから生まれる赤ちゃんと家族三人で路頭に迷ったらどうするのよ、と云われた。美姫の意見はもっともだと思う。けれども拓朗は考え直す気はなかった。一から店をつくるのではなく、水まわりや調理場など以前に母が使っていたものはなるべく残すので費用は抑えられると説得した。母がやっていた常連客相手のこぢんまりとした店ではなく、もっと客を増やして大きく稼げる店にするのだとも語った。

　はじめは眉をひそめていた美姫も、拓朗の熱っぽい語りにだんだん心を動かされたようだった。そんなにやりたいんならやったらいい。挑戦して駄目だったら、またどこかに勤めればいいのよ。わたしは子育てもあるし店の経営については素人だから手伝うつもりはないけれど、家のことは任せておいて。

最後には応援してくれた美姫に拓朗は今でも感謝している。ただし、あの時の宣言どおり、美姫は一度も店を手伝おうとしたことはなかった。それがよかったのか悪かったのか、店が危機的状況に陥っている現在でさえ、美姫はそのことにまったく気づいていない。

どうやって話すか、だよなあ。

家族に話すのは気が重い。でもいつかは話さなければならない時がくる。その日をびくびくしながら待つより、いっそさっさと決着をつけてしまいたかった。

ああ、おふくろの味がなつかしい。

自分が継がなかった母の店の味を口にすれば、いろいろとあきらめもつくのではないかと拓朗は考えるようになった。不可能なことだからこそ、いっそう願いは強くなる。気もそぞろで店を続けていたある日、ふと思いだしたのが生前母が聞かせてくれた満月の夜の不思議な質屋の話だった。

願いを叶えてくれるなんて夢物語もいいところだ。それもどこか遠い国の話ならおとぎ話を聞くようにそんなところがあるのかと信じることもできたかもしれない。けれど、店はあのにじやなのだ。商店街の裏通りに昔からある古びた質屋。店主のことだってよく知っている。莫迦莫迦しい話だと一笑に付してしまえばそれで終わりの筈だった。だけどいざ満月が近づいてくると、拓朗はそわそわと落ち着かない気持ちになった。どうせ駄目でもともとじゃないか。近所なんだし店を抜けだしてひとっ走りすれば嘘かほんとうかすぐに判るのだ。バイトの子にはその間だけ留守番を頼んでおけばいいだろう。そんな風にちょっと店を抜けるなんてちょくちょくあることなんだから、誰も気にしないし家族にばれる心配もない。

そう思うと居ても立ってもいられなくなって、拓朗は満月の夜、母の食堂ののれんが入った紙袋を手ににじや質店に向かってひた走ったのだ。

縫介の前では何もかも判っているような横柄な態度をとったが、拓朗は心の中では母を生き返らせるのは無理でも幽霊ぐらいには会えるんじゃないかと淡い期待を抱いていた。もしそんな奇跡でも起きたらきっと自分は泣いてしまうだろう。泣いて、何が悪くてこうなったのか判らないんだよ、と少年みたいに鼻を啜って云い訳しながら、お前は悪くないよ、と母になぐさめてもらおうとするだろう。それは美姫や真琴には絶対に見せられない姿だった。情けない話だけれど、自分のつらさを幽霊でもいいから判ってもらいたいと願うほど、拓朗は追いつめられ弱っていたのだ。

そんなことを考えていたせいか、はじめは足を開いて腕組みして座っていた拓朗の姿勢が、いつの間にか両膝を揃えて腕をだらんとおろし、だいぶしょぼくれた姿になっている。時々思いだしたように尻ポケットに入れていた札をとり出して眺めても、何も変化はない。調理場のほうに神経を尖らせても、誰かが立っている気配はおろか物音ひとつ聞こえてはこず、しんと静まり返っていた。

もしかして担がれたのだろうか。

自分よりずいぶん年の若いあのふたりに騙されたのだとしたら、恰好悪いなんてもんじゃない。拓朗はふてくされた顔で貧乏ゆすりをはじめる。だがしばらくして、やっぱりそれも変だと思い直す。母が昔自分にしてくれた話が噂の類のほら話だったとしても、その内容を若者ふたりが知る由もないだろう。その場でてきとうに話を合わせたとも考えられなくもないが、拓朗がにじや質店に走った時、質蔵を改装したあのカフェの入り口にはすでになつかしいにじやののれんがかかっていた。拓朗の記憶では、店が新しくなってからのれんはなかった。これまでカフェに入ったことはないけれど、店の前を通ったことなら何度もある。母の食堂ののれんを見て育ったこともあって、拓朗は他店ののれんにも敏感だった。用事のあるなしにかかわらず、つい視線が捉えてしまう。それににじやののれんは子どもの頃から見慣れたものなのだ。ふだんからかかっていれば気づく筈だった。

「おふくろ、出てこいよ」

試しに声をかけてみると、叱られて半べそをかいた子どもみたいなか細い声がむなしく響くだけだった。うしろをふり向いても、テーブルの上になつかしい料理たちが並ぶこともない。あきらめきれないようにじとっとテーブルを見据えていると、湯気をたてたおいしそうな母の手料理が目に浮かんできた。ぐう、と小さくおなかが鳴る。そういえば、もうとっくに昼ごはんの時間を過ぎていた。

「ああ、ちくしょう」

ごろりと座敷に寝転んだ。

いったいおふくろの味はいつになったら口にすることができるんだ。このままじゃ、飢え死にしちまう。

心の中で少々大げさに悪態をつきながら、拓朗は目を閉じた。

「夢でも何でもいいから、はやいとこ頼むよ」

果たして聞いている者がいるのかいないのか判らないまま、拓朗は微妙にお尻に食い込んで痛む札の角を指先でそっとずらした。

　目を覚ますと周囲は暗くなっていた。仰向けで眠っていたので起きると腰が痛んだ。立ち仕事の拓朗にとって慢性的な腰痛は職業病のひとつだ。ストレッチ代わりに軽くひねりを加えて店にかかっている時計に目をやった。針の先に蛍光塗料が塗ってあるその角度から、夜の七時を過ぎているらしいと見当をつけた。うたた寝でこんなに寝たのもひさしぶりだった。いや、これだけ眠ればうたた寝というレベルはすでに超えているといえるだろう。夢どころか寝ている間の記憶はまったくない。自分でも思わぬ熟睡に拓朗は慌てた。

　ひょっとして……。

　寝ているすきに料理ができあがっている可能性を思いつき、急いで店のあかりを点ける。誕生日のサプライズのような光景を一瞬期待したが、店の中は朝きた時と何ら変わっていなかった。これじゃあ一日を無駄にしたようなもんじゃないか、と拓朗はがっくりと肩を落とす。店を開けなければそれだけ収入が減ってしまう。けれどよくよく考えてみれば、開けても赤字続きなのだから、開けないほうがむしろいいぐらいなのだという結論に至り、だったらもう二度と店なんて開けなくてもいいんじゃないかと捨て鉢に思った。

　願いを叶えられぬまま、拓朗は店を出た。商店街のアーケードはまだ明るい。昼営業と夜営業のちょうど入れかわりの時間でどの店も動いている。シャッター通りと呼ばれる商店街が増えていくなかで、ここはかろうじてまだ息をしている、と拓朗は思う。ふり返り、まっ暗な自分の店だけが静かに呼吸をとめ、誰にも気づかれずあわれな亡骸《なきがら》をさらし続ける光景が頭をよぎった。

　とぼとぼと家路につきながら、途中、今日店を休むのを美姫に伝えていなかったことを思いだしたが、今さら連絡するのも面倒になってそのまま帰った。

　さてどう云い訳しよう、と家のドアを開けても誰も出てこない。きっと帰ると予想していないから気づかないのだろうと中に入ると、リビングでは真琴がひとりでソファの上に体育座りをしてテレビを見ながら笑っていた。

「お母さんは？」

「あれ、お父さん？」

　のけぞるような姿勢で首を伸ばし、驚いた声を出す。

「お店はどうしたの？」

「あ、いや……今日は休みにしたんだ」

「え、そうなんだ」

「おう」

「なんで？」

「お……えっと」

屈託のない顔で訊かれると、拓朗は途端にまごついた。美姫にならてきとうな理由を話せばいいと思っていたが、娘にまっすぐな瞳で見つめられるとあやうく思考停止しそうになる。だがまさかおふくろの味が恋しくて願いを叶えてもらうために店を休んだとは口が裂けても云えなかった。

「もしかして、調子でも悪いの？」

「いや、まあ、そんなもんかな。けど、たいしたことない。それよりお母さんはどうした？　いないのか？」

どうにかごまかして話題をすり替える。すると真琴は「女子会だって」と答えた。

「女子会？」

「そう。学生時代のお友だちさんたちと飲みにいくって」

「そうか……」

中学生の娘をひとりで留守番させて自分は飲み会なんて、まったくいい気なもんだよな、と拓朗は苦笑する。店も大変だって時に……と、美姫が内情を知らないのを判っておきながらもつい愚痴りたくなってしまう。そんな父親のしぶい表情を体調の悪さと受けとったらしく、真琴が眉をひそめて「大丈夫？」と訊いてきた。

「大丈夫だったら。心配するなよ。真琴、めしはどうした？　食ったのか？　何かつくってやろうか？」

矢継ぎばやに質問してしまうのは、ごまかしたい気持ちと娘とふたりきりで間が持てないのと半々だった。

「ううん、へーき。もう自分でつくって食べたから」

「へえ」

思わず感嘆の声が漏れる。真琴が料理をするなんて知らなかった。

知らないうちに子どもってやつは成長するんだな。おれも年とる訳だ。

「つくってあげようか」

「お？」

「わたしがつくってあげるよ。お父さん、そこでテレビ見て待っててよ」

「お、おう」

ぽんっとソファから立ちあがると、真琴はそう云い捨ててさっさとキッチンに向かっていく。どういう風のふきまわしだ、と拓朗は訝りつつも、こんなことは滅多にないことなのでおとなしくソファに座った。テレビのチャンネルを変えて好きな野球中継にしてもどうも落ち着かない。いつも冷たい態度をとる真琴が晩ごはんをつくってくれるなんて。ひょっとして体調が悪いと云ったのを気にしてくれているのかもしれない。だとしたら悪いことしたな、と拓朗は少し申し訳ない気持ちになった。

だけどせっかくやる気になっているのだ、この機会を逃すと娘の手料理にありつけるのは次は何年後か、とあいかわらず飛躍した思考の持ち主の拓朗は余計なことは云わないと決めた。いったい何をつくろうとしているのだろう。確かめてみたい気もしたが、ふり返ると何だか怒られそうな気がして、妙に緊張しながら野球の試合を目で追った。

背後では真琴の奮闘ぶりが音として耳に伝わってくる。何かを落とした音やぎこちない包丁の音、時おり「あ」と小さく声も聞こえ、そのたびに指を切ったんじゃないかとひやひやした。長年居酒屋を経営している拓朗からすれば、料理は手際と時間が勝負だった。注文を聞くと同時にどの順で作業をし、どの料理から出していくかぱっと計算しなくてはならない。フランス料理店のコースなら、優雅に待つ時間も客には必要だ。しかし居酒屋はタイミングよく料理やアルコール類を出さなければそれだけで客からクレームがくる。そのタイミング次第で追加注文の品数も変わってくるのだった。

効率よく、より多くの注文をしてもらう、儲ける秘訣はこれだといっても過言ではない。でもそんなことも判ったうえで続けてきたつもりなのに、結局うまくいっていないのだからどうしようもない。拓朗は、かなりの時間をかけて料理に挑んでいる真琴の奏でる不器用な音楽に耳を傾けながら、はじめは不安をかきたてられたその音が、次第に自分をほっとさせ、じんわりとあたたかな気持ちにさせてくれるのを感じていた。

「できたよー」

「おう」

キッチンに向かうと、ちょっと得意げな顔で真琴が立っている。そしてテーブルの上には親子丼らしきものがのっていた。なかなか手の込んだものをつくったなあ、と拓朗は感心する。チャーハンとか焼きそばとか、自分がたまに家でぱぱっとつくるような簡単なメニューを想像していたので意外だった。

「冷めちゃうからさ、ほら、食べてよ」

「ああ、そうだな」

腰を落ちつけ、いただきます、と手を合わせるとさっそく箸をとった。どんぶりを手に持った瞬間、あれ、とかすかに違和感があった。親子丼の卵からかまぼことしいたけが顔を出していたからだ。その具材に見覚えがあるような気がしたのだ。ちらりと上目遣いで真琴のほうに目をやると、にこにことうれしそうに見ている。はやく感想を聞きたくて仕方ないといった表情に、ともかくまずは食べてみせなければと口に運んだ。

……！

ひとくち食べて、ぎょっとした。拓朗は一瞬自分の口の中で何が起こったか判らなかった。こんな莫迦なことがあるだろうか。はじめて食べた娘の手料理の味がずっと追い求めていたものと同じだなんて。

それはおふくろの味そのものだった。

「何？　そんなにまずい？」

目を見開いたまま動きをとめた拓朗を見て、真琴が不安そうに顔を覗きこんできた。その声ではっとわれに返る。

「いや、うまい。うまいんだよ、すごく」

「ほんと？　よかった」

「なあ、真琴。この味……」

拓朗が訊ねると、真琴は、へへ、と笑いながら移動した。調理器具を並べた棚に隠してあったらしいノートを手にとると、じゃーん、と云って目の前に出した。

「実はさ、これを見ながらつくったんだよ」

「何だよ、それ」

見覚えのないノートだった。拓朗は右手で箸を持ったまま、左手でノートを受けとった。表紙に並ぶ文字を食い入るように見つめる。

「部屋の片づけをしてたら押入れから出てきたんだ。ねえ、それ、誰の字？」

「お前の……おばあちゃんの字だよ」

混乱する頭で何とか答える。その答えを聞いた真琴が「わあ、やっぱり」と小さく歓声をあげて手をうった。

「そうじゃないかと思ったんだ。だってここ、もとはおばあちゃんの家だったんでしょ」

「……ああ」

そうなのだ。拓朗が居酒屋みなみをはじめることを決意し、美姫のマイホームの夢は潰えた。その後、真琴が無事生まれたのを機に、一家はそれまでの賃貸アパートから拓朗の実家に移り住んだ。せめて子ども部屋を用意してあげたいという美姫の希望で、生前母が使っていた部屋を改装し子ども部屋にしたのだ。

けれどもいくら何でもありえない、と拓朗は心の中で強く否定する。

その時部屋は壁紙から床のフローリングのはり替えまで、かなり徹底して行った筈だ。もちろん押入れの中もきれいにした。ひき渡し時にからっぽだったのは紛れもない事実だ。それに第一何年経っていると思うのだ。真琴が今年中学二年生だから十四年だぞ、十四年。ちょっと部屋のそうじをしたぐらいで、簡単に押入れから母の持ちものが出てくる訳がないのだ。

これがあの箱の力なのか……。

思ってもみない形でのおふくろの味の出現に、拓朗はしばし呆然とした。

「お父さん」

「………」

「ねえ、お父さんったら」

「ああ、何だ?」

「だからあ、冷めるから」

せっかくつくった料理が放っておかれるのが真琴には我慢ならないらしい。拓朗も反省して、「おお、悪いな」と云って再び食べはじめた。

ひとくちめの衝撃が去ってじっくり味わうと、真琴のは玉ねぎへの火の入りがまだ足りなかったり、逆に卵に火が通りすぎていたりと母に比べて未熟なところがあるのが判る。けれども少し濃いめの甘いつゆはちゃんと分量をはかってつくったようで遜色ないできばえだった。具材も時間をかけただけあって、丁寧に均一になるよう気を配って切られている。真琴はおれに似て料理の才能があるのかもしれないぞ、と拓朗はうれしくなった。

「うまいな、ほんとにうまい」

何度も「うまい」とほめ言葉を挟みながら食べていると、真琴が顔をしかめて「もう、やめてよ」と云った。

「何べんも云われると嘘っぽいから」

「なんでだよ。ほんとうのことだからいいんだよ」

「ふうん」

口を尖らせてはいるが、満更でもない様子だ。そのままリビングのほうへ歩きかけた真琴が何かに目をとめ首をかしげた。

「あれ？」

「どうした？」

「お尻のところ、なんか光ってるよ」

指摘されて身体をひねると、尻ポケットが確かに光っている。あの札が光っているのだと気づいたが、拓朗は「願いが叶うまで他言無用」と縫介が云っていたことを思いだした。

「携帯、買いかえたの？」

「ん、あ、まあな」

さっとすばやく札を摑んで真琴から見えないようTシャツの中に隠す。ともかくこの親子丼を食べ終わるまではしらを切りとおそうと心に決め、拓朗は急いでどんぶりの残りをかき込んだ。


食事を終え、拓朗はお茶を啜りつつ母のレシピノートをじっくり読みはじめた。

右さがりのなつかしい母の文字。このノートが真琴の手によって発見されたことが不思議でならない。母は孫の顔を見ることなく亡くなった。真琴も祖母の顔は写真でしか見たことがない。美姫のおなかのふくらみが少し目立ちはじめた頃、母は店で突然倒れ、それからしばらくして帰らぬ人となった。病院に運ばれた時にはすでに意識不明で、そのままの状態がずっと続いた。だからこんなレシピノートがあったことも拓朗は知らないし、母に今後の店をどうしたいのか、訊ねることもできなかった。

母のためと口では云いながら、自分の勝負のために居酒屋みなみを開業したことを怒っているだろうか。それとも売り払わなかっただけましだと考えてくれるだろうか。そんなことになるとはまったく予想していなかった時期の母の文字を追っても答えが見えてくる筈もない。拓朗の記憶の中で、食堂を切り盛りしていた母はいつも楽しそうだった。店を小走りに駆けまわる額には汗が光っている。家に帰ると足がむくむと云って、よく手でもんでいた。疲れていたのは子どもの目から見ても明らかだったのに、なぜか母の笑顔しか思いだせない。

丁寧に綴られたレシピが拓朗には意外だった。母はもっとおおらかでおおざっぱな女性だと思っていた。くよくよしなさんな、おなかがいっぱいになれば人間大抵のことはどうでもよくなる、それが口癖だった。くる客にも同じようなことを云っていたのを聞いた覚えがある。小さな身体ながら、そういうどんと構えたところが常連客たちに人気があった。だからてっきりおふくろの味も母の長年の勘だよりのものだと思い込んでいたのだ。

ノートにはレシピだけではなく、客の好みや健康面、ちょっとした会話から得られたようなささやかな情報がメモされていた。たとえば、誰々さんは高血圧だから塩分は少なめに、とか、誰々さんはこの間入れ歯にしたばかりだからやわらかめのおかずを、とか、誰々さんはニンジン嫌いだから抜いてあげてごはんは大盛、とか、その程度のメモだ。時には食堂でふるまう料理のことだけではなく、客の娘の誕生日を覚え書きしておいて、その横に「ちらし寿司を渡すのを忘れない！」と記されていたりもした。

そういえば、おれの誕生日の時も必ずちらし寿司だったよな。

拓朗は甘い桜でんぶの味を唐突に思いだし、ほほえんだ。あれは自分だけの特別な味かと思っていたけれど、見たこともない客の娘が誕生日に家で同じものを食べていたのかと想像すると、何だかおかしかった。

「何、お父さん。にやにやして、気持ち悪い」

てっきりテレビを見ているのかと思ったら、真琴がソファの背越しに拓朗を観察していた。

「笑ってないさ」

「そお？」

見られていたのが恥ずかしくて口もとをひきしめると、真琴は疑わしそうに云いながらまたテレビのほうに顔を向けた。

気をとり直して再びページをめくり、数ページいったところで今度こそ拓朗は大きく吹きだした。

「ちょっと、どうしたの？」

突然げらげらと笑いだした父親に驚いて、真琴がすごいはやさでふり返ると鋭く云った。

「やっぱり笑ってるじゃん」

「いや、悪い、悪い……」

そう云って笑いを抑えようとしてもしばらくは無理そうだった。拓朗は突然気づいてしまったのだ、自分の大きな勘違いに。

自分だけが特別だと感じていたちらし寿司を誰か他の子も食べていた、それだけじゃない。母がいつも食堂で拓朗にだけこっそりおまけをつけてくれていたのは自分の息子だからという理由ではなかったのだ。それはあの頃の拓朗が食べ盛りで成長期の子どもだったからだ。もしあの食堂に自分と同い年くらいの子どもが食べにきていたら、母は同じようにおまけしてあげただろう。

それを息子の特権だと他の客に対して優越感を抱いていたあの頃の自分に教えてやりたい。

莫迦だなあ、拓朗。お前のおふくろはそんな器の小さい人じゃなかったんだよ。母が守り続けたあの食堂にいる人たちはみんな平等だった。客でも息子でも関係なく、心を配り、その人に見あったものを提供しようと母は努力した。努力……、いや、愛情といったほうがいいかもしれない。息子の拓朗がないがしろにされた訳ではなく、それこそ家族のような愛情であの食堂を訪れた人々に接していたのだ。

おふくろの味はみんなのものだった。

その事実に気づいた今、拓朗は一抹のさびしさを覚えた。けれどもそれ以上に母を誰かに自慢してまわりたいくらい誇りに思った。自分に何が足りなかったか、拓朗には判った気がした。

おれは客を見ていなかった。見ていたのは伝票と、客が落としていった金ばかりだった。

常連のようにきてくれていた客も、あの客は家族連れだからあんまりアルコールの数が出ない、とか、サラリーマンのひとり客を晩酌程度の注文で長居して、とか、覚えたのは注文の数や滞在時間に対する不満のようなことばかりで、せっかく足を運んでくれた客に自分が何を返せるか考えたこともなかった。そんな店長がやっている店から次第に足が遠のいてしまうのはあたり前じゃないか。拓朗はその客たちの顔をすっかり忘れてしまっている自分に愕然《がくぜん》とした。

店をはじめた頃はまだ情熱を持ってやっていたと思う。若かったし、希望にあふれてもいた。店を繁盛させ、美姫や真琴に楽をさせてやりたい、念願の新築マイホームだっていつか手に入れてみせると夢を語ることもできたのだ。

それがいつしか店の経営に追われ、目先の利益ばかり考えるようになっていた。少し儲かれば浮かれ、少し損をするとやる気を失くした。いったい自分は何にふりまわされ、くるくると同じ場所で踊らされた挙句に自滅したのか。誰もそんなひとりよがりなダンスを見せられたくもないのに。

「ちょっ、お父さん。ほんとにどうしたの？」

焦った真琴の声がすぐ近くで聞こえた。

「どうしたって……」

自分はもう笑ってはいない筈だと拓朗は思い、怪訝そうに頬に手をあてると意外にも濡れていた。

泣いている、のか、おれ。

これじゃあ真琴に心配されても仕方ない。慌ててごまかそうと意味もなく咳ばらいをしてみせる。

「うー、ごほん」

「お店、潰れそうなの？」

「……」

今度こそ絶句した。

いつの間にか横に立っている真琴の顔をはじかれたように見あげた。しばらく言葉が出てこない。

「……どうしてそんな風に思うんだ？」

違う、と咄嗟に口にできなかったことを拓朗は後悔した。どうせいつか判ることだという思いと、だとしても母親の美姫にも話していないことを中学生の娘に正直に話してどうする、という自分に対する怒りの感情がわき起こる。

複雑な思いで瞳を揺らす父親の顔を見つめ返して、真琴がちょっと肩をすくめた。

「聞いちゃったんだ、わたし。お母さんが電話で話してるの」

「お母さんが？」

「うん」

「電話？　誰と？」

少なくとも自分ではない。店の経営状況を美姫に話したことはないし、美姫から訊かれたこともないのだ。毎月きちんと生活費を渡してさえいれば、仕事にあれこれ余計な口を挟まないのが美姫のいいところであり、やや楽天家すぎるところでもあると拓朗は長年思ってきたのだが。

「さあ、誰って云われても……、お友だちさんのひとりだとは思うけど。今日いってる女子会のメンバーだろうね。その電話の人に、近いうちに会いたいって云ってたもん」

「そうなのか」

美姫が店の経営悪化に気づいていたとは予想外だった。もしかして自分が知らないうちに漏らしてしまっていたのだろうか？　たとえば寝言で口走っていたとか。拓朗はこれまでうまく隠してきたつもりだった。だから美姫にばれるとすればそれぐらいの理由しか思いつかなかった。

今夜の女子会はさしずめ、ふがいない亭主の愚痴大会、というところか……。

「お母さん、仕事探してるみたいだった。何かいいパートがないかって真剣な顔で訊いてたよ。今まで働いたこともないのに急にそんな話をしはじめたから、わたし、驚いちゃって。それでこっそり聞き耳をたてたら、お父さんの店が危ないかもしれないんだって判っちゃった」

「……」

　自分に内緒で美姫が仕事を探していたという事実に拓朗は打ちのめされていた。いつも気楽な専業主婦におさまった美姫のことをどこかで苦々しく思っていた。お前はいいよな、能天気で。口には出さないけれど、そんな風に思ったことも一度や二度ではない。子育てが大変だと判っていても、店がきびしい状況に置かれると、少しは手伝ってくれてもいいんじゃないかとひそかに胸のうちで愚痴った。云わなかったのは自分の勝手であり、妙なプライドが邪魔をしたからだ。それなのに心の片隅では、それぐらい察してくれよ、と助けを求めていたのだ。

「わたしもさ、ちょっと反省したんだ」

「真琴が何を反省するって云うんだよ」

「冷たくしてたじゃん、わたし、お父さんに」

「あ……ああ、そうかな」

「したんだよ。それ、自分でも判ってるから。お父さんが仕事から帰ってだらだらしてるの目にすると腹がたって仕方なかったし。暗い顔して、自分が一番大変なんだって無言でアピールしてるみたいで、だけど全然やる気なさそうで投げやりなの。それって何が云いたい訳ってつっ込みたかった」

「……面目ない」

「ううん、だってほんとうに大変だったんだよね。だからわたしのほうが悪かったの、ごめんなさい」

「いや……」

素直に真琴に謝られて、拓朗はうろたえた。何なのだ、この展開は。美姫も真琴も自分の知らないところで心配してくれていたのだ。家族の誰も判ってくれないと嘆いていた自分を心底莫迦だと思う。

おれのほうこそ、今まで家族の何を見ていたんだ、ちくしょう。

客も、家族も、おれはきちんと見てこなかった。自分のことに精いっぱいで、自分だけ大変だと思い込んでいた。そんなやつがやる店が繁盛する筈がないじゃないか。天国でおふくろも呆れて見ているに違いない。すまない、おふくろ……。

猛省する言葉が今さら天国に届いても何がどうなるものでもない。それでも拓朗は謝らずにはいられなかった。

「悪いのはお父さんのほうだ。お前やお母さんに心配かけて、まったく情けないよ。もっとがんばらないといけなかったのに……」

うなだれる拓朗を大人びた表情で見おろしながら真琴が励ます。

「大丈夫だよ、お父さん。今からでもがんばれば、きっとうまくいくって」

やさしい娘の言葉が痛かった。

「ああ……がんばるよ」

絞りだすような声で何とか答えた拓朗は、同時に心の中でさびしげに呟いていた。

ありがとう、真琴。でもな、もう店は失くすと約束してしまったんだ……。

＊

満月の夜にきた時と同じように慌ただしく、拓朗はのんびりとした午後のカフェ虹夜鳥に現れた。

「よう、大将」

「ああ、三波さん。こちらにどうぞ。コーヒーでいいですか？」

「ああ……いや、ありがたいけど、お冷でいいや」

せかせかした足どりでカウンターの中央の席に座ると、いろはが出したお冷を一気にあおる。

「あー、生き返るな」

「忙しそうですね」

縫介が落ち着いた声で問いかけると、「おう、まあな」と答える。いくぶんはずんだ調子のその声にいろはは首をかしげる。店を失くすという条件で願いを叶えたにしては元気すぎやしないだろうか。そんなにおふくろの味がうれしかったのか、それとも願いを叶えることができなかったから店を失くさずにすんだとか？　そういうケースがあるとは考えにくいが、拓朗の様子がここ数日心配していたものとはかけ離れすぎていて、ついあれこれ考えてしまう。

「それで、願いは叶いましたか？」

核心をつく質問が縫介から発せられ、いろはも一瞬息を詰める。どんな返事が返ってくるかと思ったら、拓朗はにこにことしながらあっさり答えた。

「ああ、叶った叶った。ありがとな」

「それはよかったです」

「ひさびさのおふくろの味だったよ。まあちょっと足らないところはあったけど、おれは大満足さ。なんたって娘の真琴がつくってくれたんだもんな」

「娘さんが？」

驚いて思わず訊き返したいろはに、拓朗は意味ありげににやりとして云った。

「どういうことか、お嬢さん、あんた判るかい？」

「いいえ、全然判らないです」

「じゃあ、大将は？」

「ぼくも判りませんね。三波さん、種あかしをお願いします」

「何だつまんねえな。ふたりともすぐに降参かよ」

つまらないと云いながらもうれしそうに、拓朗は背中に隠し持っていたものをふたりの前に出した。

「じゃーん、これだよ。おふくろのレシピノート。これを真琴が偶然見つけてな、親子丼をつくってくれたんだ。おふくろの味つけをきっちり再現してみせるところを見ると、あいつはやっぱり料理の才能があるかもな。おれの子だからよ」

「へえ」

娘さんにつくってもらったのなら、うれしそうにしていてあたり前だ。それに母親のレシピノートの存在。いろはも形は違うけれど、ノートに遺された母の文字を目にするだけで気持ちが安らいだ。たぶん拓朗もそうだったに違いない。

「これを読んで、おれもいろいろと考えさせられたよ。客に愛される店になるってのが、どういうことかよく判った。おれには足りないものだらけだった。それが判っただけでも儲けもんだ」

「そうでしたか」

「ああ。それでだ、大将」

「はい?」

「あれ、持ってきてくれ」

拓朗が示す「あれ」とは質草のことだといろはは ぴんときた。

「ああ、はい。ただいま」

「とってきます」

縫介に云われるより先に返事し、奥の小部屋の鍵を受けとっていろははとりにいった。箱の鍵は依然いろはにあずけられたままだ。この頃は箱を開けるのが自分の役目だと思うようになってきた。

質草である「みなみ食堂」ののれんを手にしてもどる。待ちかねた様子で拓朗がのれんを受けとるとこう宣言した。

「居酒屋みなみはもうおしまいだ。約束どおりな」

「ええ」

「その代わり、みなみ食堂を復活させる」

「ええっ」

声をあげたのはいろはだった。縫介はあごに手をあて、なるほど、と無表情に小さく呟いた。

「このレシピノートがあれば百人力さ。もう二度と同じへまはしない。それにな、今度は家族も手伝うと云ってくれているんだ。中学生の真琴もだぞ。涙が出るほどありがたい話じゃないか。次は家族だけでやっていけるくらいのこぢんまりした店でいいんだ。きてくれる客の顔ひとりひとりを見渡せて、みんなが笑顔で帰っていけるような、そんな店を目指すのさ」

「すてきですね。そういう店だったら、わたしも食べにいきたいです」

「ほんとうかい？　ぜひ食べにきてくれよ。開店まではもうしばらく時間がかかりそうだけどな」

「はい、必ずいきます」

いろはが笑って答えると、拓朗は、よし、と頷いた。

「これから忙しくなるぞ。がんばらなくちゃな。店ができたらこのおふくろののれんをまた掲げるんだ。なあ、大将、文句ないだろう？」

「文句、とは？」

「利息の支払い方法としてそれはなし、とかな。居酒屋みなみを失ってもいいとおれは云ったが何も店舗ごとくれてやるとは云わなかった、だよな？」

「そうですね」

「と、まあ、これはあとからのこじつけだって判ってるさ。あの時はほんとうに店をやめようと思ってたんだから。でも、今のおれはやる気じゅうぶんなんだ。水を差してもらっちゃ困るんだよ」

拓朗は懇願するようなまなざしを縫介に向けた。

「別にいいんじゃないですか。ぼくは願いと利息を聞いて札を渡すかどうかの判断はしますが、渡したあとの方法については関知しません。三波さんの想いがそちらに向かっているのなら、利息はそれでいいということなんだと思いますよ」

「そうかい、そりゃありがたい」

縫介の返事を聞くと、こうしちゃいられないとばかりに拓朗は立ちあがった。

「実は新しい店の改装の相談に業者を待たせているんだ。帰ったらさっそく打ちあわせだな。その前にあんたに確認しておきたかったんだ。こののれんもはやく引きとりたかったし。心から礼を云うよ」

「いいえ。新しいお店、がんばってください」

「おう」

威勢よく返事して立ち去りかけた拓朗がふと思いだしたように足をとめ、ふり返って訊ねた。

「そういえばこの間ここでしゃべってから気になってたんだけどよ、大将。あんた、昔、この町に住んでなかったか？　野々原のじいさんのところにしばらく子どもがいたの、あのあと思いだしてな。それがあんたによく似てた気がするのよ」

「……ええ。半年ほどでしたが。よく覚えていらっしゃいましたね」

縫介はうっすらとほほえんで答えたが、その表情がなぜかいろはの目にはかなしそうに映った。

「まあ、そうだな。客の顔もろくに覚えちゃいないのに、どうしてかふっと思いだしたんだ。子どもらしくない暗い顔つきをしていたからかな。おっと、気を悪くしたらごめんよ。ほら、このあたりの子どもたちと比べて大人びてたってことだよ。あれ、いくつぐらいの時だった？」

「十二か、十三か……、それぐらいですね」

「そうかい。これですっきりしたな。じゃあ、ほんとうにもう帰るわ」

「お店、楽しみにしてますね」

いろはが声をかけると、「おう」と力強く返事し、大事そうにみなみ食堂ののれんを胸に抱えて拓朗は店を出ていった。

拓朗の姿が消えると、いろはは縫介に訊ねた。

「今の話ですけど、おじいさんと一緒に住んでいたんですか?」

それは初耳だった。

「ああ、うん。六年生の途中から中学一年生の夏休みくらいまででしたね、確か。その頃はおばあちゃんも生きていたから三人で暮らしていたことになります」

「へえ。じゃあ、ご両親……」

「おいしかったんですよ」

「え」

「居酒屋みなみ。おじいちゃんに連れられて、一度いったことがあります」

「そうなんですか」

いろはの台詞を遮るように縫介が云ってきたみたいに聞こえたので、ちょっと戸惑った。今のはわざとだったろうか。

「ええ。客として店にいったことまでは三波さんも覚えていないみたいでしたが。ぼくもまだ子どもだったので、居酒屋料理の味がほんとうのところ判っていた訳ではありません。でも店には活気があって、店員さんもいい人で、たくさんのメニューの中からどれを選んで食べてもおいしいと感じました。たぶんそれは、店の持つ雰囲気がよかったんだと思います。かつての居酒屋みなみはいい店だった。あの頃の気持ちを忘れずにいられたら、今回のことは必要なかったのかもしれません」

「どういう意味ですか?」

「店を変えても、その中にいる人が変わらなければ意味がないということです」

少しきびしい口調で縫介は云った。

「でも、今回のことがあったから、三波さんは自分に足りないものが判ったと云ってましたよね。お客さんに愛される店をつくりたいっていう目標もできた。だから大丈夫なんじゃないですか?」

「だといいですが」

「よかったんですよ。わたしはそう思います。だって三波さん、満月の夜にやってきた時とは別人みたいにいきいきしてましたもん。お店を失くしてもいいと云った時は心配しましたけど、それも結果的にはいい方向に働いた。わたし、箱の持っている力をもしかしたら誤解していたかもしれません。願いを叶えたいと真剣な気持ちでやってくる人に、箱は前に進む力を与えてくれる。わたしの時もそうだったし、乙音さんや三波さんの時もそうでしたから」

箱の鍵をひとりで開ける時、いろはいつも心細いようなこわいような感じがした。箱の持つ魔力にふっとひき寄せられそうになるのだ。でもそれは未知のものに対する畏怖の念に近い感覚で、箱は誰かをしあわせにするためにあるのだと思うと、鍵をあずかっている者として気持ちも楽になれそうだった。

そんな風に箱の存在を好意的に捉えようとするいろはを、縫介はどこか冷めたような目でじっと見つめて云った。

「そうやってすぐに信じるのはどうでしょうね」

「どういうことですか?」

含みのある云いかたに、いろははちょっと莫迦にされた気がしてむっとする。

「盲目的に箱の力を信じるのは危険だ、と」

「意味が判りません。箱の力がほんものだって、わたしは実際体験しているんですよ。他のお客さんの話を聞いてますます信じるようになった。それがいけませんか？」

はじめは半信半疑だった箱の力を素直に信じられるようになったというのに何が気に入らないのだろう。云い返すいろはの不服げな表情を見て、縫介が「ああ」とかすかに眉根を寄せた。

「ぼくの云いかたが悪かったようです。力の大きさのことではなくてベクトルの矢印、つまり力が向かう方向について云ったつもりだったのですが……。箱の力が毎回いい方向に働くとは限りません。箱に善悪の区別まで委ねるようになってはいけないんです。箱は箱です。願いを叶える不思議な力を持ってはいるけれど、人間のような感情はありませんから」

「はあ」

いまいち理解できなくて曖昧に頷くいろはに向かって、縫介は眉間のあたりをとんとんと指先で叩きながら云いにくそうに説明した。

「あのね、いろはさん、よく聞いてください」

「はい、何でしょう」

「ほんとうは箱に利息なんて必要ないんですよ」

さんになるしかないし、その約束があるからこそ、願いが叶うのですから」

「え？」

「云ってしまえばね、願いごとの数やルールですら本来は意味がない。それらはすべておじいちゃんが考えた決まりごとで、ぼくもそれに従ってやっているだけなんです。現実に箱がやっていることは単純なんですよ。箱は中に入れられた想いでにまつわる品と札に書かれた願いをつなげて叶えているだけで、利息として書かれたこともその人に付随するもうひとつの願いとして実行しているに過ぎません。だからその叶えかた次第で結果がいい方向に向かう時もあれば、悪い方向に向かう時もある。ぼくの云っている意味、判りますか？」

「判ります、けど……。え、じゃあ、なんで？」

いろはの頭の中はすっかり混乱を起こしていた。今の縫介の話を要約すると、必要のない代償を客に負わせていることになる。にじや質店の大前提をくつがえすような縫介の告白に、いろははただ驚くばかりだった。

「なんでそんなわざわざ何かを失わせるようなことをするんです？　心から望んでいる、たったひとつの願いを叶えてあげればいいだけの話なのに」

「そういう訳にはいかないからですよ」

どこか遠い目をして縫介は答えた。

「いかないって、それこそおかしな話ですよね？　わたしには自分たちで決めたルールに縛られているようにしか聞こえません。縫介さんはやってくるお客さんの願いを叶えてしあわせにしてあげたくてこの店をやっているんじゃないんですか？」

つい詰問口調になるいろはの顔にぼんやりと焦点を合わせながら縫介が云う。

「しあわせ……そうですね。そうなればいいとぼくだって思いますよ」

「じゃあ、どうして……」

「いろはさん、あなたは、制限のないことがどれほどおそろしいことなのか、ほんとうに判って云っているの？」

長めの前髪の間からふいに鋭い視線を感じ、いろはは一瞬固まった。ともすれば冷たい口調になることもある縫介だが、こんな風にはげしい感情を抑えたような口ぶりで話すのははじめて聞いた。

「前にも云ったと思うけれど、利息はその人の覚悟を見るためのものです。現在の大切な何かを失ってでも、過去へのわだかまりを解消したい、自分がどうしても譲れないものを守りたい、そんな願いを叶えたい人にのみ箱は使われるべきなんです。だから利息は等価でなければならないし、それをぼくは見極めなければならない。門番の役目なんですよ、ぼくは。札を無条件にばらまけば、誰でも願いを叶えることができるでしょう。たとえばですが、大金持ちになり、嫌いな人間を排除することも可能かもしれない。覚悟のない人間の願いなんてそんなものです。箱の力がどれほどまで通用するのか試したことはありませんが、ひょっとしたら死者が生き返ることだってあるかもしれませんね」

「そんな、極端なこと……」

「起こらないと断言できますか？　ぼくはそうは思いませんね。ルールがなければ人は逸脱する。極端なほうへ流れていく。自分がしあわせになるために、誰かを不幸にしているかもしれないことを想像しなくなる。それはとてもこわいことです」

うーん、といろはは頭を抱えてしまった。そんなおそろしいことは考えたくない。けれども縫介の云うとおり、何の制約もなく願いを叶えてしまえば、思ってもみないような悪事に使われる可能性だってあるかもしれない。

「だったら知らなければいいんですよ。箱にそんな使いかたがあることを封印してしまえばいい。小さな、けれどもその人にとってはとても大きな願いを代償を払うのとひきかえにたったひとつだけ叶えてあげる。箱はその存在をどこかで聞いた人々の心の拠りどころとなるでしょう。いつかどうしても叶えたい願いに出会うまで、もしかしたらその人はがんばれるかもしれない。その結果自分の力でどうにかして、にじや質店を訪れることはないかもしれない。それならそれでいいとぼくは思います。いや、むしろ、そっちを望んでいるんです」

「縫介さんの云うこと、何となく判ったような気がします」

「ありがとう、いろはさん。でも残念なことに、ぼくは知ってしまっているんです、箱の力を……」

　そう云って縫介は苦しげな表情で前髪をかきあげかけた手をとめた。

「そのおそろしさを知っているぼくがいつか門番の役目を放棄する日がくるんじゃないか、そう思うとこわくてたまらないんです。ぼくは自分が箱の力に頼ることをよしとしない人間なんだと思って生きてきました。おじいちゃんが今までいろんな人たちの願いを叶えてあげるのを見てよかったと思うと同時に、自分はそうせずとも生きていける強い人間になりたいと心に決めたつもりでした。けど、実際に自分がにじや質店を受け継いで続けていくうちに、その決意がふっと揺らぎそうになるんです。誰か他の人がいる時はいいけれど、夜ひとりでいる時なんかに、自分がコントロールできなくなりそうな瞬間があって……情けないですね」

「いえ……」

　いろはは言葉少なに答えた。縫介が抱く漠然とした恐怖は、自分が奥の小部屋で箱と対峙した時に感じる吸い込まれそうなあの感覚と同じようなものだろうか。しかし目の前で顔を歪めて語る縫介の苦しそうな姿からは、いろはのはかり知れない巨大な黒い何かと闘っているように見えた。

「満月が近づくと特に駄目なんです。札に何かを書き殴っている自分の夢を見て、驚いて飛び起きることも何度かありました」

「狼男みたいですね」

縫介の苦悩のもとは判らないけれど、何とかこの場の空気を和らげたくていろははそんな風に茶化《ちゃか》した。

「狼男……確かに。ジキルとハイドかもしれませんが。ああでも、これは満月とは関係ない話でしたっけ」

「ですね」

少し落ち着きをとり戻した様子の縫介にいろはははほほえみかける。

「えっと、まあ、そういう訳で、ぼくはいろはさんに箱の鍵をあずけました。ぼくが持っている部屋の鍵といろはさんが持っている箱の鍵、ふたりが揃わなければばにじゃ質店は開けません。いろはさんにとっては迷惑な話かもしれませんが……」

「大丈夫です。鍵をあずかるのは慣れてますから」

母にあずかった鍵を十三年間持ち続けたのだ。箱の鍵をあずかるのは少々気が重いが、いつもは冷静沈着な縫介がこれだけ悩んでいるのだから、それぐらいはたいしたことではないといろはは自分に云い聞かせた。

「ありがとう。そう云ってもらえるとぼくも気が楽になります。いつか一度きちんと謝らないといけないと思っていたので。ぼくはね、いろはさん。あなたは信用できる人だと思ったんです」

「わたしが、ですか？」

「ええ。お母さんとの秘密を長い間ひとりで守り通したいろはさんだから、箱の鍵をあずけても大丈夫だと考えました。たったそれだけの理由かと呆れるかもしれませんが、これはとても重要なことです。秘密を秘密のままにとどめておくことは難しい。時に人は他人ではなく自分自身を裏切りたくなる生きものですから。ぼくはそれを身をもって知っています」

縫介の口調には実感がこもっていた。

「だからあなたを信じることにした。それは間違っていなかったと思っています。そして今、箱の秘密についてもしゃべってしまったのはどうしてでしょうね。また年下のあなたにいらない重荷を背負わせてしまった。ほんとうにすみません」

弱々しく頭をさげる縫介にいろはは黙って首をふった。自分には理解できないほどの重荷を背負っているのは縫介のほうだと思った。衝動的に門番の務めをかなぐり捨ててでも叶えたい願いとは何なのだろう。箱のルールの封印を破らなければ叶わないような願いなのだろうか。

「縫介さんの願いって……」

ついロに出していた。

「さあ、実のところ、ぼくにも自分が何を願っているのかよく判らないんです。しいて云えば……」

あごに指をあて思案するいつもの癖が出る。

「世界征服、ですかね」

狼男以上におもしろくもない冗談を口にし、はは、とむなしく乾いた笑い声をあげる縫介の横顔を見ながら、この人はまるで迷子の少年みたいだといろはは考えていた。

色とりどりの言葉

暑い夏もようやく過ぎ、秋の気配をほんの少しだけれど感じられるようになってきた。蟬の声は遠ざかり、何かに急きたてられるような気分から抜けだすことができそうだ。いろはは秋が好きだった。春や夏とは違う、あざやかで、けれども落ち着いた色彩があふれる季節。絵を描くにはもってこいだ。

カフェ虹夜鳥での仕事も順調に覚え、すっかり店になじんできた。この頃は縫介が買いだしに出ている間、店番を任されることも多い。今日もそんな風に縫介は外出していて、店にはいろはと常連客の教授のふたりしかいなかった。

教授はいつものように読書に集中しており、三杯目のコーヒーをカップに注いだあとのいろはにはやることもない。教授は気にしないと云ってくれているが、洗いものをする音が読書の邪魔になってはいけないと思い、いろはは静かにカウンターの反対端に立って窓の外をぼんやり眺めていた。

こんな時、つい考えてしまうのは縫介のことだった。箱の秘密とともにうち明けられた縫介の苦悩について。門番の役目を放棄し、それまでの自分を投げ捨ててまで叶えたい願いとはいったい何なのだろう。あの時は世界征服などと笑えない冗談でごまかしていたけれど、縫介自身も何を願いたいのかよく判らないと云っていたのは冗談ではなくほんとうのようだ。自分でも処理できない暗くて深い闇を縫介は抱えているんじゃないか、そう思うと、いろはなぜか胸の奥のほうが疼いて仕方がない。

ぱたん、と本を閉じる音が聞こえ、いろはは慌てて教授のほうに顔を向けた。考えごとに没頭していたからか、いつの間にかコーヒーカップは空になっている。

「おや、縫介くんは？」

「買いだしに出かけてます。といっても、ずいぶん前に出ていきましたけど」

「そうかね、気づかなかったな」

「教授は読書に夢中でしたから」

そう云って、いろはは笑いかける。

「やれやれ。そういうことにしておいてもらうか。自分の耳がもうろくしていないことを祈るよ」

「そんな。教授は全然大丈夫ですよ」

「ありがとう。でもな、いろはくん。見ためだけで判断してはいけないこともあるのさ。大丈夫そうに見える人が一番大丈夫じゃなかったりする、だろう?」

「え?　ええ……」

一応頷いてはみたけれど、教授が誰のことを指して云っているのか、一瞬判らなかった。教授本人のことを云っているようにも聞こえるし、にじや質店を訪れる客たちのことを云っているようにも聞こえた。あんなことを考えていたからかもしれないけれど、縫介を指して云っているみたいにも聞こえたのだ。

「さてと、そろそろ帰るとするかな」

財布からコーヒー代を出してカウンターの上に置きながら、教授がよく口にする台詞をひとりごとのように呟いた。

「すべて世はこともなし。今日も平和な一日だったな」

「あの、教授」

「何かね?」

「前々から一度訊いてみたいと思ってたんですけど、その、すべて世はこともなし、って言葉、どういう意味なんですか?」

素朴な疑問だったが、いろはが訊ねると、教授はちょっと驚いたように目を開いた。

「何だ、いろはくん。そんなことも知らんのか？」

「あ、はい。すみません」

先生に怒られた時みたいに首をすくめる。そういえば、教授はもとは正真正銘の大学の先生だったのだ。

「いやいや。別に怒ってる訳じゃない。そうか、君たちの世代は見ないのかな、世界名作劇場」

「世界名作劇場？」

「赤毛のアンのアニメの有名な台詞だよ」

「アニメ……ですか？」

教授の口からアニメという言葉が出るとは意外だった。

「ああ。昔は娘と一緒によく見たものだが……。その最終回でアンが云うんだよ。〈神は天にいまし　すべて世はこともなし〉とな。もとはイギリスの詩人ロバート・ブラウニングの詩の一節でね、そっちの和訳では確かこうだったかな。〈神、そらに知ろしめす　すべて世はこともなし〉。神は天におられ、この世はすべて憂えることなく平穏である、そんな意味になるだろうね」

「へえ」

〈神は天にいまし　すべて世はこともなし〉

いろはは心の中でくり返す。

「何だかすてきな言葉ですね。うまく云えませんけど、大きなものに見守られて安心するっていうか。でもすごく強さも感じます。どうしてでしょう？」

「そうだな。この言葉には神の愛と力を信じている人間の想いがこもっているからかもしれないね」

「なるほど」

いろはは頷いた。信じるという想いには確かに強さがある。

教授の話を聞きながら、いろはは、ふと、縫介には信じるものがないのではないかと思った。いや、ないという云いかたは少し違うかもしれない。何を信じていいか判らないから、ひとりで苦悩しているのではないかと考えたのだ。

「縫介さん、前に云っていました。この世に神さまはいないって。そう感じたことがあるって」

以前にじや質店にきた客の乙音に訊ねられた時に、縫介がそう云ったのだ。その時の暗い瞳の色をいろははっきりと覚えていた。

「縫介くんが？　そうか……」

教授は考え込むような顔をして黙った。何か思いあたることでもあるのだろうか。昔から縫介をよく知っている教授なら見当がつくかもしれない。いろははは思いきって訊ねてみることに決めた。

「あの、縫介さんのことなんですけど、昔何かあったんでしょうか？」

「どうしてそう思うのかね？」

「えっと……」

問い返され、返答につまる。この間の満月の夜の縫介の告白を教授にしゃべっていいものか。いろははは迷った末、曖昧に言葉を濁した。

「前々から……何となくですけど」

「ほお、何となく、ね」

いろはの表情から何かを読みとろうとでもするかのように教授はじっと見つめてきた。そしてひとつ頷くと、よかろう、とひとこと云ってから話をはじめた。

「縫介くん、火が苦手でしょ」

「あ、はい」

ここはカフェなのだから火を使うメニューもあって当然だが、店の厨房は電磁調理器とオーブンでまかなわれている。バイトをはじめたばかりの頃は戸惑った。いろはの実家はずっとガスコンロを使っていて、慣れるまで少々時間がかかったのだ。そんな話をした時に縫介が、火があまり好きじゃないから自分の店では使わないようにした、と確か云っていた記憶がある。火に好き嫌いがあるのかと、その時は不思議に思いながら聞いていたのだが。

「縫介さん、だから店では使わない仕様にしたと云ってました」

「だろうな。店を開く前、しばらく別の店に修業にいっていたようだが、そこでは火を使うのでずいぶん苦労したらしい」

「そんなに嫌いなんですか？」

それはまたどうしてか、ますます疑問に思えてくる。

「昔、家が火事にあったからな」

「えっ」

「それ以来、火を見るのが苦手になった。縫介くんはまだ小学生だったから無理もない話さ」

「そんなことがあったんですね、知らなかったです」

「まあ、云いたがらないだろう。火事もだが、そのあと家ではいろいろあってね、それでしばらくの間、継さんのところであずかることになったんだよ」

「じゃあ、ご両親はもう……」

いろはおそるおそる訊ねた。もしかして縫介が両親の話を避けたように思えたのは、その火事で何かあったせいではないかと悪い予感がしたのだ。

しかし教授はきょとんとした顔でこう答えた。

「両親か？　いや、今でもご健在だと思うよ。縫介くんは長い間会っていない筈だが。火事の被害を心配しているのなら、燃えたのは家だけだ。その火事で軽いやけどくらいは負ったかもしれんが、誰も死んではいない。焼け跡から遺体も出なかった」

いろははひとまず安心したが、家族の誰も亡くなっていないのなら、焼け跡から遺体が出ないという教授の表現は違和感があった。だって生きている人間の数を数えれば、一目瞭然のことだろうと思うからだ。

「いろいろあったというのはそういうことじゃないんだよ。火事の夜、野々原家では奇妙なできごとがあった。縫介くんには六歳違いの兄がいてね――綾介《りょうすけ》くんというんだが――その綾介くんがこの日を境にいなくなってしまったんだ」

「いなくなった？」

「失踪したんだよ。今でも行方は判らないし、連絡もない。火事で亡くなってはいないことだけは証明済みだが、どこでどうしているのか、生きているのかどうかさえも不明なんだ。自宅の火事に息子の失踪とショックが重なって、両親はお互いを責めて関係がうまくいかなくなった。縫介くんが高校に入る直前くらいだったかな、離婚したんだ。それから彼はずっとひとり暮らしをしている。継さんには懐いていたから、それからもちょくちょく遊びにはきていたけれど」

「高校生でひとり暮らしですか……」

大学生になってひとり暮らしをはじめるのは自分も含めてよく聞く話だが、高校生からというのはいろはのまわりでは聞いたことがなかった。それも入学直前で両親が離婚したのなら、縫介は十五歳、ついこの間まで中学生だった彼にとって突然ひとりで生きていくという選択はつらいものだったに違いない。

「そうだな、大変だったと思うよ。でも縫介くんは父親と母親、どちらにもついていかなかった。それにはやはり彼なりの理由があるんだろう。継さんが何度訊ねても多くは語らなかったそうだがね。火事のあとから家庭がぎくしゃくしていたこともあって、結局家は建て直さなかった。綾介くんが万が一帰ってきたとしても実家はない。こういう云いかたはあまりしたくないが、一家離散、ということだな」

「……」

想像以上に過酷な試練を与えられて生きてきた縫介の運命に、いろはもしばし言葉を失う。

「だから、この世に神さまはいないと云いたくなる縫介くんの気持ち、判らないでもないがな。でも彼はすべてをあきらめた訳ではないとわたしは思うよ。継さん亡きあと、にじや質店を復活させてひき継いだのもその表れと云えるんじゃないか。それに苦手な火をあえて使うようなカフェなんてものを開いたのは、もし綾介くんが生きていて実家がないと知った時、訪ねてくるのは祖父の住んでいたこの場所しかないと縫介くんが考えているからじゃないかと思うんだ。彼は口では云わないけれど、ここで綾介くんを待っている。わたしにできるのは継さんの代わりに縫介くんを見守ることだけだがね」

教授が抱く縫介への深い愛情を知り、いろはは胸が熱くなった。

「ありがとうございます、教授」

「どうしていろはくんが礼を云うのかね？」

「え、あの、話してもらって、という意味です。それに教授のようなかたが縫介さんのそばにいてくれて、ほんとうによかったなって……」

「いろはくんもそのひとりじゃないのかね」

「そんな……わたしはただのバイトなので」

いろはの返事に教授は、そうかな、と首をかしげながら立ちあがった。

「ではまた明日」

「はい、お待ちしています」

いつものように本を小脇に抱え、飄々《ひょうひょう》とした感じで教授は帰っていった。


その夜のにじや質店は珍しくにぎやかだった。

やってきた客がひとりではなく、姉妹と名のるマダム風の女性三名と、ここまでの道案内としてついてきたというもう少し若い感じのお手伝いさんの四名だったからだ。

三姉妹は年かさのほうからそれぞれ稲庭山吹《いなにわやまぶき》、瑠璃《るり》、紅《べに》と名のった。お手伝いさんは名のらず小部屋の入り口でひっそりと立っていたが、この三姉妹がやってきた時に店の前でさんざん「わかばさん、ほんとうにここで合ってるの？」とか「わかばさん、ちょっとあなた先に様子を見てきてよ」とか、「わかばさん」を連呼していたから、下の名前だけは判っていた。

思いがけない大人数での来客に、いろはは急いでカフェのほうから椅子を運んできた。わかばも手伝ってくれて一脚ずつ抱えて持っていくと、もとあった椅子に並べて置いた途端、礼も云わずに三人同時に腰をおろして足を組んだ。

「わたしたち、稲庭泰三《たいぞう》の娘ですの」

目の前の縫介が口を開く前に、さっさと長女の山吹が話をはじめようとする。いい満月ですね、というういつもの台詞が聞けなくていろははちょっと残念だった。それにしても今の名前……。

「稲庭泰三さん、ですか」

縫介はぴんとこないらしく、小さく首をかしげた。

「稲庭泰三、ご存じない？」

次女の瑠璃がさも意外そうに声をあげ、三女の紅も同調するように頷いた。

「すみません、不勉強で」

「あのー」

いきなり縫介が責められているような構図にたまらずいろはが口を挟んだ。ほんとうはわかばのためにもう一脚椅子をとりにいくつもりだったのだが仕方ない。

「稲庭泰三さんって、あの日本画で有名な……」

「あら、あなた、判ってるじゃない」

山吹がやっと満足そうにほほえんだ。とはいえ、腕組みしながらほめられてもうれしくも何ともない。苦手なタイプの人たちだな、といろはは思う。

「一応、大学で美術を学んでいるので」

「そう。ああ、わかばさんの椅子ならけっこうよ。あの人はうちのお手伝いさんで立って待つのは慣れてるわ。ここまで案内役できてもらっただけで、客はわたしたち三人のほうなんだから、あなたはこちらで話を聞いてちょうだい」

「はあ」

強制的に足どめされたようで気分が悪いが、客にそう云われてはいきづらい。申し訳ない気持ちでドアのところで立っているわかばに目をやると、大丈夫だという風に控えめに頭をさげてきた。おとなしく従順な態度を見て、お手伝いさんというのも大変な仕事だと思う。

「それで、あの話はほんとうなのかしら？　こちらで願いごとを叶えてくれるという話」

山吹が縫介のほうに向きなおり、探るような視線で訊ねた。

「ええ、ほんとうですよ」

「他言無用でお願いできる？」

「それは保証しますよ。ただし、願いをお引き受けできるかどうかはお話を伺ってからになりますが」

有名人の娘たちと判っても、縫介は態度を変えることなくいつもどおりたんたんと対応する。

「判ったわ。他に手がないの。いいえ、ない訳ではないのだけれど、わたしたち三人が同時に納得できる、そういう方法が他にないってこと」

そう云うと、三姉妹はお互いの顔を見あって頷いた。

「父の遺言状を探してくれないかしら？　あの人、生前遺言状を書いたことをわたしたちに自慢していたくせに、肝心の置き場所を伝えないまま先日亡くなってしまったの。別にわたしはね、財産は姉妹で仲よく三等分でいいと思うのよ。でもそういう訳にもいかなくて……」

父親のことを、あの人、と云うのかこの人は。

いろはそこが引っかかっていた。けれども他のふたりは気にしてはいない様子で、その言葉以外の部分で反論をはじめた。

「あら山吹姉さん。わたしだって三等分でいいと思ってるわよ」

「そうよ、自分だけいい恰好しないでちょうだい。問題は絵なのよ、絵。そこをちふたりに責められて、山吹はうるさそうに顔をしかめると、「判ってるわよ、もう。これから順番に話そうとしてたの」と答えた。

「紅が今云ったとおり、問題なのは父の絵なの。代表作の『夜咲睡蓮《よざきすいれん》』を筆頭に、アトリエにある未発表のものを含めるとかなりの数になると思うわ。価値のばらばらなそれらを平等に分けることはできないし、その価値だって父の死後、どう変わるか判らない。作品の中でもとりわけ『夜咲睡蓮』は別格の扱いになる筈だわ。それを誰に譲り渡そうとしていたのか、父の遺志を確かめたいの、わたしたちは」

「ではみなさんの願いは、遺言状を探しだし、そこに書いてあるお父さんの遺志を尊重したい、ということでいいですか?」

念を押すように縫介が云うと、三姉妹は揃って首をたてにふった。

山吹の云う『夜咲睡蓮』の日本画ならいろはも知っていた。確かに稲庭泰三の代表作といっていいだろう。白いスイレンが月夜のもとに光り輝いて咲く神秘的な画風だ。日本ではスイレンというと朝に咲くイメージがあるが、ヨザキスイレンはその名のとおり夜に咲く。エジプト神話では世界は一本のヨザキスイレンから生まれたと伝えられており、国花にもなっている。

ナイルの花嫁とも呼ばれる白いスイレンの花言葉が「清純な心」であったことを思いだし、いろはははちょっと鼻にしわを寄せた。縫介は父の遺志を尊重するためなどときれいにまとめてあげているが、要は三姉妹は自分たちの財産の分け前がはやく知りたいだけなのではないか。現に平等でいいと口では云いながら、一番価値のある『夜咲睡蓮』が誰のものになるのか、そのことばかり気にしているではないか。

こういう人たちににじや質店が利用されるのはあまりうれしくはなかった。いろはは内心では縫介がこの願いを断ってくれたらいいとさえ考えはじめていた。

「そうですねえ……」

縫介にもその気持ちが伝わったのか、すぐに話を進めずどこか迷っているように見えた。じっと三姉妹の後方を見つめたまま、あごに指をあてて何事か考えている。いろはははその姿勢に期待するように熱い視線を送った。

「願いを聞き届けてくれるなら、お礼に父の絵を一枚差しあげてもいいわ」

縫介の煮えきらない態度を見て、山吹が誘い文句を口にした。すると瑠璃と紅もすぐにその言葉に同調する。

「ええ、そうよ。どれでも好きな絵を選んでくれたらいいの。あ、もちろん、『夜咲睡蓮』以外でお願いね」

「でも安心して。それでもそこそこの値はつくから。何といっても、あの稲庭泰三の絵ですもの」

たいした連係プレーだといろはは感心するやら呆れるやら。

「お礼ならけっこうですよ。にじや質店ではそういうものはいただきませんので」

縫介がそっけなく断ると、あら、と山吹があごを引き、上目遣いで訊き返した。

「けど、利息をお支払いするって聞いたわよ」

「それは……そうですね。でも少し意味が違って、ここでいう利息とはあなたがたが負う代償、つまり、今現在大切なものを失ってでも叶えたい願いであるかという覚悟を……」

「ああ、もう、ごちゃごちゃと。結局同じだからいいじゃない。わたしたちは大切な父の絵を一枚失うの、その覚悟でお願いしてるのよ。その失くした絵があなたのものになって何がまずいの？　ねえ、悪い話ではないでしょう？」

「………」

いらいらと訴える山吹に対し、縫介は無表情に押し黙ったままあらぬかたを見つめている。いろはもなんて人たちだと腹を立てた。稲庭泰三の娘たちがどれだけえらいのか知らないが、これでは願いをお金で買いとろうとしているのと同じではないか。縫介の箱に対する想いを知っているいろはとしては、この居丈高な三姉妹の態度は彼への侮辱のようにも感じられた。

もう帰ってもらいましょうよ、いろはが口に出しかけた時だった。

突然縫介が視線をもどし、うっすらと正体不明の笑みを浮かべながら云ったのだ。

「そうですね。カフェの壁に飾る作品が何かないかと思っていたところなので、ちょうどいいかもしれませんね」

あっさり了承してしまった縫介を、いろはは信じられない目つきで見つめた。いったいどうしてしまったのか、お金に目がくらむような人ではない筈なのに……。

呆然とするいろはを置いて、縫介は札に願いを書きはじめた。三姉妹はいくつかのやりとりの末、質草にと父の画材道具一式をあずけ、帰っていってしまった。

「どうしてですか、縫介さん。どうしてあんな人たちの願いなんて……」

悔しそうに言葉を途切らせたいろはを見て、縫介は小さく頭をさげて謝った。

「すみません、いろはさん。いろはさんが云いたいこと、判ってるつもりです。熱心に目で訴えかけてくれていたのにもちゃんと気づいてました。けっして無視した訳じゃないんですよ」

「だったらなぜ？」

「こういう云いかたをすると語弊がありそうですが……。いろはさんよりもっと熱い視線を感じてしまって、そちらをどうしても無視できなくなったからです」

「？」

「気づきませんでしたか？　あの三姉妹をここに連れてきたというお手伝いさん。彼女はとても不思議な目でぼくを見ていました。祈るような、懇願するような……。あの三姉妹以上にこの願いを叶えてほしそうでした。事情はぼくには何か判りませんが、あの思いつめたような真剣なまなざしを目にして、この依頼を受けるべきだと判断したんです」

全然気づかなかった。小部屋のドアの陰に隠れるようにして立っていたわかばからそんな想いを感じていたのか。ともすれば薄情そうな印象を与える縫介のはしばみ色の瞳が、そういう他人の心の機微を敏感に察知する能力に長けていることにいろはは改めて感心した。

「それはにじや質店の店主としての勘、ですか？」

「どうでしょうね。勘といえば勘ですが、ただの気のせいかもしれない。まあいずれにしても、願いが叶えばそれも明らかになるでしょう」

いろはは縫介の言葉を聞きながら、さっきまでわかばが立っていたドアのあたりを見つめた。

稲庭三姉妹の派手さと比べるとおそろしく地味で目立たなかった女性がどんな恰好でどんな顔つきだったのか、いろはの中ではすでにその印象がぼんやりと薄らいでいた。思いだそうと目をこらすとますますその姿は遠ざかっていき、その代わりになぜか暗闇に白いスイレンがぽうっと浮かびあがるイメージが頭に浮かんだ。

＊

奈倉《なくら》わかばは今頃になって緊張してきた自分がおかしかった。

にじや質店から稲庭邸に三姉妹と舞いもどり、彼女たちが所望《しょもう》する紅茶を淹れている手がわずかに震えている。まったくあの三姉妹ときたら、使用人をロボットか何かと勘違いしているらしい。帰ってきてもわかばには息をつく間も与えず、すぐに働けと命じて自分たちは応接間でだらしのない恰好で寛いでいる筈だった。

お盆を持つ手が震えていないか確認してから部屋へと入る。別に毒を盛った訳でもないのだから堂々としていればいいのだと自分に云い聞かせる。案の定、姉妹は三者三様の恰好でソファにいた。山吹は背にもたれかかるようにけだるげに座り、瑠璃はテーブルに足を投げだし、紅はうつぶせに寝そべって左手をだらんとおろしていた。これが四十も半ばを過ぎた女性の姿か、それもつい最近父親を亡くしたばかりというのに、と、あやうくため息をつきそうになるのを何とかこらえる。

「紅茶をお持ちしました」

わかばの言葉に誰も反応せず、もちろん礼など云う気配もない。

ロボットじゃないか、とわかばは心の中で思う。ここでの自分はロボットではなく幽霊だった。都合のいい時しか見えない幽霊。だからといって失望することもない。自分は三姉妹ではなく、この家の主である稲庭泰三に雇われた身だ。幽霊だと思われていたほうがむしろ好都合なくらいだった。

「あー、疲れたー」

紅が大げさに声をあげる。

「それにしても何よ、このきったない札。こんなもので遺言状のありかなんてほんとに判るのかしら?」

「仕方ないでしょ。探しても見つからなかったんだから。これに賭けるしかないわ」

「そうよ。三人一緒の時に見つけないと意味がないってごねたのはあんたたちなんだからね。じゃないといつまで経ってもこの家に居続けるでしょう？　せっかくわたしが探しておいてあげるって云ったのに」

出もどりでこの屋敷に暮らしている山吹が云うと、瑠璃と紅は顔を見あわせ、ごまかすように答えた。

「それはまあ、姉さんだけに探させるのも悪いし、ねえ」

「そうよ。うちの旦那なんて放っておいても大丈夫。山吹姉さんが気にすることないわよ。それより三人一緒の時に確かめたほうがのちのち面倒にならないと思うわ」

テーブルの上の瑠璃の足をよけながら紅茶を置いていく。

自然と会話が耳に入ってくるが、あまりに嘘くさくて聞く気にもならない。お互いの立場を思いやっているふりをしたところで、要はけん制しあっているだけなのだとわかばは知っている。この中の誰かひとりが遺言状を先に見つけた場合、勝手に開封して中身を確認されては困るからだ。発見した人間の利益になるよう書きかえられたり、あまりに不利益な内容なら黙って破棄されたりすることも考えられる。そんな不安が拭えないから、三人は一緒にいるだけのことなのだった。

膠着状態の三姉妹ににじや質店のことを教えたのはわかばだった。以前父から、どうしても困った時はここを訪ねていけばいい、と聞かされていた。実際にいったのはさっきがはじめてだったが、店主が若いので驚いた。父と同年配くらいの男性がやっていると聞いていたけれど、代がわりしたのかもしれない。なかなか話が進みそうもなかったので気を揉んだが、それでも最終的には願いを引き受けてくれたのだから、店主が誰であるかなどわかばにはどうでもいいことだった。

「この札が教えてくれるって云ったわよね。ただ持っていればいいだけ？」

瑠璃が札を手に持ち、しげしげと眺める。

「それは判らないけれど。まあ今夜何ごとも起きなければ、明日はまた少し探してみない？　こうやってだらだらしているのも退屈だわ」

三人の中では行動力があるほうの山吹が提案する。

「そうねえ。でも、家の中はあらかた探したわよ。次はどこを探す？」

紅が面倒そうに起きあがり、テーブルの上の紅茶をとって飲みはじめた。探したと云ってはいるが、三人がそれぞれの行動に目を光らせながらなので、手もとはおろそかになりがちだしきちんと手分けもできていない。かなりずさんな作業といえるだろう。

「ねえ、わかばさん。あなたはどう思う？」

ふと思いついたように山吹が訊いてきた。

「わたし、ですか」

「そうよ、わかばさんは父の一番近くにいたんだから、どういうところに隠しそうか見当つくんじゃない？」

「そんな……お嬢さまたちをさし置いて、わたしに判る訳がございません。泰三さまにお仕えさせていただいたのもたった一年ですし……」

一年前に三姉妹の母が先に亡くなり、本来なら父泰三の世話は同居している長女の山吹の役目だったが、彼女はそれを嫌がって父専属の住みこみのお手伝いを募集した。面談は泰三自身が行い、そのお眼鏡にかなったのがわかばだったという訳だ。

「いいから、どこか云ってみてよ。あてずっぽうでもいいからさ」

投げやりな感じで瑠璃が云う。

この姉妹は基本的に考えることが苦手な人種なのだとわかばには判っていた。だからすぐに他人に頼りたがる。にじや質店の話を意外にすんなり信じたのも、そういうお金持ち特有の安直さがあったからこそだ。

「では……やはり、アトリエがわたしは気になります。泰三さまが最後まで一番多くの時間を過ごされた場所ですので」

アトリエ、とわかばが口にすると、三姉妹はいっせいに顔をくもらせた。

泰三も八十歳を過ぎ、年相応の弱りかたはあったものの、いまだ創作意欲は衰えず、ほとんどの時間をアトリエで過ごしていた。ふだんはどちらかというとおだやかでもの静かな人物だったが、いったんのめり込むと寝食さえ忘れて没頭する危険もあり、身体にさわるからとうまく云い含めて日常生活をなるべく規則正しく送れるようサポートするのに難儀したくらいだ。そういう意味ではまだまだ元気な老人だと思っていた。

その泰三がある朝突然倒れ、息をひきとったのもまた、アトリエだった。

「アトリエねえ。まあ、ふつう、そうなるわよね」

「一番怪しいといえば怪しいもんね」

「わたしは嫌だわ、あそこ。汚いし陰気だし、お父さんの幽霊が出そう」

紅が大げさに二の腕あたりをさすると、あんたはまたそんなこと云って、と山吹にたしなめられる。

「出たら出たでいいじゃない。そうしたらあの人に遺言状をどこにやったのか直接訊けるから」

「案外こんないんちき臭い札に頼るより、そっちのほうが確実かもしれないわよ」

わかばの助言でにじや質店までたどり着くことができたのに、その本人を目の前にしても瑠璃はまったく悪びれずに文句を云う。

「嫌なら紅、あんたは別の場所を探せばいいわ。瑠璃も信じる気がないのなら、この札はわたしがあずかっておくけれど」

山吹が瑠璃の手から札をさっと奪いとると、ふたりは焦ったように抗議した。

「信じないとは云ってないじゃない。これに賭けるしかないって、さっき云わなかったっけ」

「わたしも一緒にアトリエを探すわよ。別行動なんて冗談じゃない」

そう、とすまし顔で山吹は答えると、札をテーブルに置き、わかばに向かって云った。

「明日はあなたもアトリエを一緒に探してちょうだい。わたしたちは父が倒れた時にあの中に入ったけれど、ふだんは近寄らないようにしていたからあまりくわしくないの。あなたのほうがよく知っていると思うから、お願い」

「かしこまりました」

わかばは控えめに返事をし、一礼してから部屋を出ていった。

翌朝、アトリエに集まった三姉妹の顔は見るからに寝不足気味だった。あのあと結局みんなで応接間のソファで寝たらしい。いや、寝たふりをして札に何か変化がないかと窺っていたに違いない。そして何も変化は起きなかったということか。アトリエにこうして集合していることからもそれは明白だった。

三姉妹から見えないようにわかばもあくびをかみ殺した。万が一にでも昨夜何か起こってはいけないと思い、応接間のドアをこっそり見張っていたのを気づかれる訳にはいかなかった。

アトリエは母屋から離れた位置にあり、まわりを伸びすぎた木々に囲まれている。これは植物は自然のままの姿がもっともうつくしいという泰三の考えによるもので、母屋の庭はきちんと庭師の手で整えられているのとは対照的だ。紅が昨夜、この場所を陰気だと表現したのは周辺の光景を含めてのことだろうとわかばは思う。アトリエ自体は日本家屋の平屋だが、内部には天窓から自然光をとり入れるよう工夫してあって、けっして暗いイメージではないからだ。

そのアトリエの入り口に立ち、わかばはぐるりと視線を巡らせた。

生命のおもむくまま、荒々しく生い茂る木々はむしろ神々しいほどに感じられる。泰三の創作エネルギーそのものともいえるこの空間で、遺言状探しなどという世俗的なことで集まっている自分たちがひどく場違いに思えてくる。せめて場の空気を乱さないようにと、わかばは静かにドアを開けた。

そのあとを三姉妹がどこかおそるおそるといった感じで足を踏みいれていく。

ここで泰三は昼夜を問わず絵を描き続けた。床に這いつくばるようにして和紙を貼ったパネルに向かう背中を思いだすと、わかばは目頭が熱くなった。ほんとうに絵を描くことが心から好きな人だった。そしてその場所で倒れ、気づいた時にはすでに息をしていなかった。毎朝するように母屋から朝食を運んできたわかばがその姿を発見したのだ。

わかばが見つめるその床を、山吹は暗いまなざしで、瑠璃は完全に無視して、紅は判りやすく顔を背けて通り過ぎる。目に入った書棚や道具類、置かれた作品などにてきとうに手を伸ばし、黙って遺言状を探しはじめた。

「札は一応ここに置いておくわね」

山吹が沈黙を破り、それだけ発すると手近な窓の窓枠部分に札を立てかけた。部屋のどこにいても見られる位置と考えて置いたようだった。瑠璃と紅は無言で頷き、また作業にもどる。わかばも目を伏せて作業を開始した。

時間だけがゆっくりと過ぎていく。

あのおしゃべりな三姉妹が口を閉ざしているのは奇妙な光景だった。それだけ真剣なのか、それとも少なからず後悔しているのか……。

後悔？

わかばはすぐにその考えを頭の中でうち消した。

後悔なんてはじめからするような人たちじゃない。彼女たちが望んでいるのは遺言状、それだけだ。もし願いどおり遺言状が出てきたとしても、財産の自分の取りぶんがどうなるかが心配で仕方ないに違いない。だから気もそぞろで、つい無口になってしまうのだろう。

今日ですべてが決まるかもしれないのだ。

わかばも余計なことは考えず、とにかく手を動かそうとした時だった。

「あ」

向こうで紅が小さく声を漏らした。

「どうしたのっ」

「あったのっ」

姉たちに耳ざとく聞きつけられて鋭い声が飛ぶと、紅は「あ、ううん」と曖昧に首をふった。

「ちょっと、見つけたのを隠したんじゃないでしょうね」

「それはルール違反よ、見せなさい」

泰三の作品群から一枚の絵を引っぱりだして見ていた紅に向かって、山吹と瑠璃が大股で歩み寄っていく。そのうしろからわかばも小走りで近づいていった。

「そうじゃなくて、ほら」

「あら」

「これ」

「あ」

紅が手にしている絵を覗きこむと、それはスケッチ画だった。母犬のお乳を吸う三匹の子犬の中になぜか子猫が一匹混ざっている。稲庭家の庭で描かれたものらしい泰三のスケッチ画を見て、三姉妹は口々に「なつかしい」と声をあげた。なつかしいのはスケッチ画そのものではなく、そこに描かれた犬や猫が昔この家で飼われていた子たちだったからだ。

わかばはつい一緒に声を出してしまった自分をごまかすように絵から目をそらした。幸い誰も気づいていないようだった。想いで話に花が咲きかけた彼女たちを置いて、再び作業にもどろうと何気なく窓のほうに目をやった。

「ちょっ……お嬢さまたち！」

「どうしたの、わかばさん。急に大きな声を出したりして」

「あれを見てください。札が……何でしょう、ともかく光っているんです」

わかばの指の先で、確かに札が光っていた。ぴかぴかと。窓から射しこむ陽の光でもない、札はもっと冷たく冴え冴えしい光を放っていた。たとえるならば月の光のように。

「どういうこと？　これ」

「もしかして合図なんじゃないの？」

「じゃあ、この絵の中に遺言状が……？」

云うや否や、三姉妹は額に入ったスケッチ画を裏返しにしてわれ先にと分解しはじめた。その様子をわかばも固唾《かたず》を呑んで見守った。いよいよなのか。

額の裏板とスケッチ用紙の間に白い封筒が挟まれている。山吹がその封筒をひっくり返すと筆で書かれた「遺言状」の文字があった。

「やったわ、あったわよ」

三姉妹が大喜びするなか、わかばは静かに山吹の背後にまわった。

よかった、やっぱりあったのだ。あるならこのアトリエ以外にないと思っていたけれど、その勘は間違っていなかった。だって、わたしは。

「あっ。何するの、わかばさんっ」

山吹の手からさっと遺言状を奪いとると、わかばは泰三が倒れていた床まで走った。そこでくるりとふり返る。

だって、わたしは……。

遺言状をきつく握りしめながら、わかばは高らかに宣言した。

「わたしは稲庭泰三の娘です！」


アトリエは一瞬静寂に包まれた。

「……何を云ってるの、あなた」

山吹がおそろしく低い声で云った。瑠璃と紅も強い口調でその言葉に続く。

「そうよ、莫迦莫迦しい」

「そんなことある訳ないじゃない」

「だったら遺言状の中身を見てみたらいいわ。そこにわたしの名前と認知する旨が書いてある筈よ。ほら、遺言認知って」

わかばが遺言状を差しだすと、瑠璃がひったくるように持っていった。慌てて封を開けるさまを冷めた目で見つめる。

「遺言認知……」

　その言葉を見つけたらしい山吹が呆然と呟く。

「ちょっと待って……」

「何よ、これ」

「もっと先まで読んでみれば？　あなたたち、『夜咲睡蓮』の行方が気になっているんじゃないの？　ねえ、なんて書いてあるか、お父さんの娘であるわたしにも教えてよ。当然、訊く権利はあるわよね」

　態度を豹変させたわかばを信じられないといった表情で三姉妹は見つめ返す。が、すぐにはっとしたように遺言状に目を落とし、必死に泰三の文字を追っていく。読み進むにつれ、次第に遺言状にそえた三人の指がわなわなと震えていくのが判った。

　隠しきれない三姉妹の動揺を見て、わかばはせせら笑った。

「ほら、どうしたの、はやく教えてよ。それとも云いたくないのかしら、すべての絵画を美術館に寄贈するなんてあてが外れたものだから」

「どうしてあなたが内容を知っているのよ、おかしいじゃない」

「そうよ、これはきっとにせものだわ。あなたが仕込んだ嘘の遺言状よ」

「願いを叶える不思議な質屋だなんて、それもどうせグルなんでしょ。どういうからくりか、白状しなさいよ」

鬼気迫る三人の顔を心の底からみにくいと思う。そして自分も今、彼女たちと同じ顔をしているのかもしれないと想像すると吐きそうになった。けれども、わたしはこの時をじっと待ち望んでいたのだ、とわかばは思った。一歩も引く訳にはいかない、お父さんのためにも。

にじや質店はほんものだ。わかばはその店を父泰三から教わった。どうしても困った時にはここで願いを叶えてもらえばいい、と。父も若い頃、一度だけ頼ったことがあったらしい。それから誰にも口外しなかったが、お前にだけは教えておくと云った。父は将来わかばが何らかの困難に直面することを予期していたのかもしれない。

嘘だとは思わなかった。父は気が弱いけれど正直な人だった。争いごとが苦手で、自分が生きているうちは認知することはできないとわかばにはっきり云った。だけどもし自分が亡くなるようなことがあれば、その時はきちんと遺言状で認知し、財産も娘四人で平等に分けるようにするからと約束していた。

「その字がお父さんのものだってことくらい、薄情なあなたたちでも見れば判るでしょう。それでも嘘だと云い張るのなら、筆跡鑑定でも何でもすればいいわ。わたしはね、お父さんから直接聞いていたの。たった一年だったけど、話す時間はたくさんあった。あなたたちがこれまでお父さんと会話したよりもっと多くの言葉と心を交わした。この一年はわたしにとってかけがえのない幸福な時間だったのよ」

短い間だったけれど一緒に暮らせたこと、とりわけ泰三の創作する姿を見られたことは何より貴重だった。泰三は家では仕事についていっさい話さなかった。ふらりとやってきて母の手料理を食べてごろりと横になると、何をするということもなくゆったりと時を過ごしてから帰っていった。わかばが幼い頃は本を読んでくれたり遊んでくれたりもしたが、絵を描く姿を見たことがなかった。この場所を現実の自分の世界と切り離しておきたいのだろうとわかばは思っていた。母が数年前に亡くなるまで、泰三はそんな風にして通ってきてくれていたのだ。

わかばは三姉妹を見据えながら徐々に声を荒らげて云った。

「わたしは知ってるわよ、あなたたちがどれだけお父さんをないがしろにしてきたか。この家には自分の居場所はないとお父さんは常々云っていたわ。アトリエとわたしの母の家だけが唯一寛げる場所だって。奥さんが先に亡くなって、お父さんの世話を誰がするかという話になった時も押しつけあって、結局隠し子のわたしを雇ったなんて間抜けな話ね。そんな思いやりの欠片もないあなたたちに、お父さんが大切な自分の絵を遺す訳がないじゃない！」

作品を美術館に寄贈したいという話は聞いていた。それ以外の財産分与は娘四人で平等に。遺言認知を含め、遺言状にしたためたと満足そうに報告する泰三に、そんな話は聞きたくない、とわかばは突っぱねた。まだまだ一緒の時間を過ごせると思っていたから、泰三が死に支度をしているようで嫌だったのだ。そうこうするうちに遺言状の場所を教えることなく泰三は逝ってしまった。さぞ心残りだっただろうと悔やんでも遅かった。

このままではわたしの存在は消されてしまう。お父さんが愛した絵たちも三姉妹によってお金に換えられ、どこか知らない場所へとちりぢりになってしまうかもしれない。そんなことは到底許せる筈がなかった。

彼女たちが父泰三と同じくらいその絵を愛していないことを知っていたから、最期まで好き勝手させる訳にはいかなかった。一方で三姉妹も内輪もめを起こし、自分たちの財産の取りぶんを知るために遺言状を探そうとしはじめた。一介のお手伝いの立場で隠れて遺言状を探しだすのは難しいと悩んでいたわかばにとっても、それは好都合だった。三姉妹が遺言状を探すのとは別の理由で、わかばは自分が父の想いを伝えなければ、と固く心に誓ったのだ。

「ちょっとあなた、何様のつもり？」

「お父さんが認知したからって、わたしたちは認めないわよ」

「突然現れて財産を寄こせだなんて、虫がいいとは思わないの、この恥知らず！」

ここまで勢いに押された恰好の三姉妹も負けじと反撃に転じてきた。

「恥知らず？」

きっと鋭く睨みつけると、わかばは即座に云い返す。

「恥知らずはどっちよ。あなたたちこそ最低の娘だわ。どうせ自分の力で稼いだこともないんでしょ。お父さんのお金に頼って甘やかされて生きてきたくせに、感謝するどころか、ますますお父さんを毛嫌いするようになって。何が気に入らないのか知らないけれど、こんな恵まれた生活をしていて、まだお金が必要？　お父さんを今まで散々無視しておいて、さびしい思いばかりさせて、それでいなくなったら何もかも当然のように自分のものにできると本気で信じてたの？　はっ、莫迦じゃないの？」

「何……よ」

ついさっきまで使用人だとばかり思っていたわかばから嘲笑《ちょうしょう》を浴びせられ、三姉妹は屈辱と怒りで顔を紅潮させた。だがわかばにずけずけと指摘されてもすぐさま反応できなかったのは、それが図星だったからだ。

「………」

「………」

「何よ、この……」

瑠璃と紅がまっ赤な顔で押し黙り、山吹は一歩前に出たものの、次の反撃の糸口を見つけることができずに悔しそうな声を漏らす。

泰三が倒れたその場所で、わかばと三姉妹は無言で睨みあった。

このまま泥沼の戦いがくり広げられるのかと思いきや、わかばは、ふう、と大きく息をすると肩の力を抜いた。

もう、いっか。

「今日で辞めさせていただきます。お世話になりました」

あっさり一礼すると、そのまま歩きだした。自分のするべきことは終わったと、すがすがしい気分だった。数歩歩いたところで立ちどまり、云い忘れていたことがひとつあったことを思いだし、ふり返る。

「あ、それと、財産はすべて放棄しますので」

唖然とする面々を残し、わかばは悠々とアトリエを去っていった。

＊

憮然とした表情で三姉妹がカフェ虹夜鳥に現れたのは、それから数日後のことだった。

「どうされました？　とにかくこちらへどうぞ。コーヒーでいいですか？」

縫介が声をかけると、仏頂面のままで山吹が答える。

「わたしたち、紅茶しか飲まないのよ」

「では紅茶を淹れましょう。気持ちの落ち着くハーブティーなどは？」

「それでいいわ」

カウンターに並んで三人同時にどかっと座り込む。ひどく機嫌が悪そうな様子にいろはは何事かと思う。そっと縫介に目くばせすると、おやおや、という風にちょっと肩をすくめて返してきた。

「願いが叶いませんでしたか？」

「叶ったわよ、散々な目に遭ったけどね」

「というのは？」

縫介がやんわりと訊き返すと、三人は代わる代わる説明をはじめた。

「隠し子が現れたのよ」

「そのうえ絵はすべて美術館に寄贈だってとり上げられて」

「残った財産も四等分になるところだったの」

それもその隠し子がにじや質店に三姉妹を連れてきたあのお手伝いのわかばだったというから驚きだった。

「あんな嘘つきに云いたい放題云われて」

「ほんと頭にきちゃう」

「財産は放棄するって云ったからいいようなものの……」

憤懣《ふんまん》やるかたない様子で口々に文句を云い続ける三姉妹のタイミングを見計らって、縫介がハーブティーをふるまう。

「まあ、こちらでも飲んで。いろいろと大変だったんですね」

「大変だったどころじゃないわよ」

「でも一応願いは叶ったということで、ひとまず質草はお返ししますね。いろはさん、お願いします」

「あ、はい」

三姉妹のドラマのような話に圧倒されながら聞いていたいろはは縫介の声でわれに返った。

急いで奥の小部屋に入ると、かしましい声が遮られて静かになる。ひとりで箱の前に立ち、願いが叶ってもいい方向に向かうとは限らないというのは今回のような場合も含まれるのだろうか、といろははしばし考える。

三姉妹にとっては今まで知らなかった父の愛人や隠し子の存在を突然知るようになったのだからおもしろくないのはあたり前だ。でもわかばさんにとってはどうだろう。あの夜、三姉妹に高圧的な態度をとられながらもじっと耐えていた彼女にとって、遺言状で自分の立場が明らかにされたことは望ましい結果だったといえるのではないか。最終的に財産は放棄したのだからお金目的ではなかった筈だ。それなのに三姉妹をここまで連れてきたのはつまり、自分の存在の証明そのものが目的だったと考えられる。

だったらやっぱり、よかった、のかもしれない。

いろはは箱に問いかけるようにじっと見つめた。だからといって箱から返事がある訳もなく、複雑な表情で頭をひとふりすると中から質草である泰三の画材道具をとり出した。

誰かにとって悪いことが、他の誰かのいいことになる。その逆もしかり。客としてやってきた三姉妹よりもつきそいであった筈のわかばに訪れたであろうしあわせをどう見たらいいのか。単純に遺言状を探したいという想いがわかばのほうが勝っていたからと捉えるべきなのだろうか。箱に善悪の区別を委ねるようになってはいけないと云っていた縫介の言葉を思いだし、いろははその意味を少し理解できたような気がした。

善悪は見るべき者の見かたによってどうとでも変わるのだから。

箱はただ「遺言状を探しだす」という願いを叶えた、それだけだ。叶えたあとに起こったことについては関知するところではない。もしかしたらにじや質店にいる自分たちも。だからたとえ何が起こったとしても、たんたんとした態度を崩さない縫介の対応は店主として正解なのかもしれない、といろはは思った。

でもわたしには難しいなあ。

正直云ってまったく自信がなかった。いろはは自分が客の願いに共感したり反発を覚えたりしてしまう性格だと思う。それをうまく隠すことも得意ではない。もう少しいろいろと経験を積んでいけば自然と落ち着きを身につけられるかもしれないが、今はまだ、その境地に達することはできそうもなかった。

カウンターに画材道具を置き、いろはは中身を確認するよう促した。

「確認してくれって云われてもねえ」

戸惑い気味に道具箱を開ける山吹のおぼつかない手つきを眺めながら、きっとこの人たちは中身を一度も見たことがなかったんだろうといろはは思った。

てきとうにざっと確認していた山吹がふと思いついたように絵具の箱をとり出し、蓋を開けた。中には色とりどりの粉が入ったガラスの小瓶が並んでいる。

「へえ、粉末なんですね」

縫介がもの珍しそうに覗きこんで質問するが、誰も答えようとしないので代わりにいろはが答えた。

「これは日本画で使う岩絵具ですね。いろんな種類がありますけど、基本的には鉱物を砕いてつくった顔料なんです。これだけだと定着しないので、膠《にかわ》液などに溶いてから使用するんですよ」

美術系の学生らしくいろはが解説すると、縫介が感心したように頷いた。

「わたしたちの名前もこの絵具の名前からとったんですって。山吹、瑠璃、紅……」

云いながら、順に手にとってカウンターに寝かせて並べはじめた。四番目に「若葉」というラベルの小瓶を手にとると山吹は苦笑した。

「わたしたちがもっと父の仕事に興味を持っていれば、すぐに気づいたのかもしれないわね」

そして、ふっと息を漏らすと「父と父の絵をわたしたちは憎んでいたから」と云った。それから山吹は自分たちと父との過去について話しはじめた。

画家として売れるまでの泰三は毎日印刷所で働くかたわら、絵を描き続けていたらしい。家にいる時の泰三は部屋に閉じこもり絵ばかり描いていたので娘たちはほとんど遊んでもらった記憶がなく、愛されているようには思えなかった。おまけに家は貧乏なのに自分の画材道具にばかりお金を費やし、欲しいおもちゃも買ってもらえない。娘たちは絵に父の愛情を奪われたように感じながら育った。

山吹が中学校にあがる頃、やっと泰三の絵が世間に認められ徐々に売れるようになってきた。するとますます絵にのめり込むようになり、生活は楽になりはしたが家族の溝は広がるばかりだったという。

その頃に愛人をつくったのだと思うけれど、と山吹は吐き捨てるように云った。

「ひとまわりも年下のあの子は知らないのよ、貧乏で苦しかったあの時代を」

姉の言葉に瑠璃と紅も力強く頷く。

「知らないで、裕福になったあの人の逃げ場所だったことを自慢して、それまでわたしたちがどんなに苦労してきたか、どんな気持ちであの人と接してきたか、想像すらしたこともないくせに」

「そうね」

「ほんとに」

「あの人のいい面だけを見て育ったあの子はしあわせなのかもしれないわね。わたしたちにはそれができなかったから。父と父の描いた絵を憎み、貧乏だった子ども時代を憎んできたわたしたちがお金に執着したのはそんなことがあったせいだわ」

どこかさびしそうに語る山吹を見て、この人たちにはこの人たちなりの娘としてのやりきれなさがあったのだといろはは感じた。そう思いながら四つ並んだ岩絵具をしんみり眺めていると、ガラスの小瓶の蓋の部分に何か書かれているのを見つけた。

「あの、蓋のところに何か手書きで書いてありますけど」

「え、何かって?」

驚いたように三姉妹は云い、それぞれが自分の名前の小瓶を手にとり傾けて蓋を見た。横にして並べていたので、蓋はカウンターの中にいるいろはたちの側からしか見えていなかったのだ。

「これは……色言葉のようなものなのかしら？」

戸惑ったように三姉妹が首をかしげると、蓋の言葉をいろはたちにも見せてくれた。山吹には「ほがらかさ」、瑠璃には「思いやり」、紅には「愛情」と書いてある。

「さあ」

同じくいろはが首をひねると、横から縫介が口を挟んだ。

「これって、みなさんの名前に込められたお父さんからのメッセージじゃないんですかね？　ほら、明るい山吹色のほがらかさ、深い瑠璃色の思いやり、あたたかな紅色の愛情……とか。推測ですけどね」

「なるほど」

と、いろはが頷く。

「お父さんは遺言状を用意したりと自分の死期が近いことを悟って準備しておられた。この絵具もいつか自分に何かあった時にと用意していたのかもしれませんね。

さっきおっしゃったようにあなたがたがお父さんの絵を憎んでいたのなら、この画材道具も中身を見ることなく捨ててしまったかもしれない。そうしたらこの言葉には出会えなかったでしょう」

「父がわたしたちを試したってこと?」

「試した、という言葉が適切かどうかぼくにも判りませんが、賭けた、と云ったほうがいいような気はします。あなたがたがお父さんの死後、自分たちの名前にまつわる絵具を眺めて想いを馳せるような心が残っているならば、このメッセージはきっと届くと考えたんじゃないでしょうか?」

「まわりくどい人ね、直接口で云えばいいものを……」

そう云って山吹が口もとを歪めた。笑ったのかもしれない。

「でもそういう風にしかコミュニケーションをとれなくしたのも、わたしたちのせいではあるのよね」

姉の言葉にあとのふたりも無言で頷く。

「明るい山吹色のほがらかさ、深い瑠璃色の思いやり、あたたかな紅色の愛情……か。確かにいつの間にか失くしていたものなのかもしれないわね」

そう云うと、きた時よりもやわらいだ表情を浮かべながら、三姉妹はそれぞれの名前の色の小瓶を大切そうに握りしめて帰っていった。

それからさらに数日後、今度はわかばがひとりでカフェ虹夜鳥に現れた。

「変なことに巻きこんですみませんでした」

はきはきとした口調で謝罪し頭をさげるその姿は、にじや質店を訪れた時とは打って変わって快活な印象を受けた。あの時はおとなしい演技をしていただけで、もともとはこういう女性なのかもしれないといろはは思った。

「まあ、どうぞこちらに。コーヒーでもいかがですか」

「ありがとうございます」

縫介に誘われると素直にカウンターの席に腰かける。こうして近くで見ると、稲庭三姉妹と年が離れているとはいえ、頬骨の高さや鼻の形がどことなく似ているように見えなくもなかった。

「でもあの人たち、何なんでしょうね」

コーヒーを飲みひと息つくと、わかばは複雑な表情を浮かべながら切りだした。

「財産を放棄すると云ったのに、どうしても父の絵を一枚もらってほしいと云って、これと一緒に持ってきたんです」

持っていたかごバッグからとり出したのは若葉色の岩絵具の小瓶だった。

「ああ、それ」

いろははそう云ってちょっと首をかしげた。

「あれ？　でも絵は全部美術館に寄贈したんじゃなかったでしたっけ？」

「ええ。ですけど、遺言状が隠してあったスケッチ画一枚だけは例外で、残しておくよう記されていたんです」

その貴重な一枚を三姉妹はわかばに譲ったということか。

「どうしてその一枚だけだったんでしょう。どんな絵が描いてあったんですか？」

縫介も興味深そうに訊ねる。

「母犬のお乳を吸う三匹の子犬の中に子猫が一匹混ざっている、という絵で、そこに描かれている母犬は稲庭家の庭で昔飼われていたんですが……」

わかばは実際には見たことがないと云った。およそ三十年前、母親のもとに通ってくる当時の泰三から聞いた話らしい。その犬が三匹の子犬を産み育てていたところ、たまたま庭に迷い込んだ子猫がいた。母猫はそばにおらず、どうやらはぐれてしまったようだ。みぃみぃと力なく鳴く子猫を見かねて泰三は抱き、試しにと飼っていた母犬のお乳に近づけると吸いついてミルクを飲んだ。母犬のほうも嫌がらず、そのまま子猫は子犬三匹と一緒に育てられることになった。この光景に感動した泰三がスケッチを描いたのだろうとわかばは云った。

子犬三匹は三姉妹がそれぞれもらい、そのうちお嫁にいってしまった。泰三からその話を聞いたわかばも子猫がほしいとねだったと云う。三姉妹にどのように云い訳したのか知らないけれど、しばらくしてその子猫はわかばのものになり、長い時間を一緒に過ごす大切な家族となった……。

「さすがにもう生きてはいないんですけどね、アトリエからあの絵が見つかった時にすぐに判りました。それはあの人たちも同じだと思います。思わず声をあげてしまって、わたしはそれをごまかすのに必死でしたけれど」

「そうだったんですね」

お互いを知らずに育ってきた異母姉妹の共通の想いでがそのスケッチ画に描かれていたのだと思うと、いろはは何ともいえない不思議なつながりのようなものを感じた。それはわかばも同じだったようだ。

「もしかしたら父は、あの絵のように娘たち四人が仲よくなることを心のどこかでずっと願っていたのかもしれないですね。遺言状を絵に隠したのもそういう意味だったのかも……」

そこで言葉を切り、ふっと自嘲気味に嗤った。

「でもきっとそれは無理です。だってわたし、あの人たちにひどいこと云ったし。

ううん、云ってやろうって決めてて、そのことに後悔はないけれど、わたし、勢い余って嘘を云っちゃいました。絵を憎んでいるあなたたちなんかにお父さんが大切な絵を遺す訳がないって啖呵《たんか》を切って。父が自分の作品を美術館に寄贈したのは別にあの人たちに渡すのが嫌だったからじゃないんです。確かに誰にどの絵が渡るかでもめたり、渡した絵が売られて個人の所有物になって見知らぬ家の奥深くにしまわれたりするのを心配してはいました。けれどもそれは広く世の人々に自分の作品を見てほしいという父の純粋な願いからくるもので、美術館に飾ってもらえれば他の人たちと同様娘たちにも公平に見る機会が与えられる、だからそれが一番いい選択肢だという理屈だったんです」

「そうでしたか」

縫介がおだやかに云うと、ええ、とわかばは頷いた。

「所詮判りあえっこなかったんです、はじめから。そうするつもりもない。父の夢はただの幻想で、もう二度と会うこともないと思います。わたしもそれでいいんです。父には申し訳ないけれど、幻想は幻想、それが現実ですもの。スケッチ画は想いでに大事にとっておこうと思います」

決然とした表情で云うと、残ったコーヒーを飲み干した。

頭をさげ、去っていくわかばを見送ってから、いろはは縫介に訊ねた。

「あの人たちのことを家族とまとめて云ったら怒られるかもしれませんけど、泰三さんから見たらみんな娘でみんな家族なんですよね。今はわかばさんは無理だと云っていても、いつかお父さんが願ったように、娘たち四人で仲よく会える日がきたりするんでしょうか？」

「そうなればいいといろはさんは思いますか？」

縫介が試すような薄茶色の瞳でこちらを見ている。

「なればいい……とは思います。でもそれはわたしが他人で、外から見ているからそんな風に思うんでしょうね。そう考えると勝手なものですよね、人って。自分のことはうまくいかなくても、他人には無責任にしあわせになってほしいと単純に願えてしまう」

いろはは自分の家族について考えていた。自分と繭子さんの関係を。

「あの……わたしの家族のことなんです、けど」

正直にうち明けた。

「父の再婚相手の繭子さんに少し自分から近づいたと思っても、見えない溝が完全に埋まることはないんです。それはたぶん……お互いのせいで」

わたしのせい、と云おうかと思ったけれど、いろはは自分を卑下するのはやめにしたのだと思いだした。無意識に前髪のスズランの髪留めに手がいく。そうだ、自分だけのせいじゃない。繭子さんが何を考えているのか判らなくても、ふたりの関係性にぎこちない部分があるのは否めないし、それはどちらか一方のせいではなく双方に原因があることなのだといろはは思う。

「溝は別に埋まらなくてもいいんじゃないですか？」

「え」

「少し近づけたのなら、それでじゅうぶんな気がぼくはしますが。三姉妹とわかばさんも今回のことでお父さんの気持ちが伝わって、ちょっとずつでも近づいたんじゃないですかね。溝は何もしなければ開いていくばかりですけど、近づいたのならいつかは飛び越せるかもしれません。溝はどんな家族にだってあるんです。血のつながりのあるなしの問題じゃなくてもね。お互いの溝を埋める努力は必要でしょうけど、埋まらないからといって嘆くこともない。百パーセントの家族なんてぼくは存在しないと思います」

「百パーセント……そうですね」

縫介の云うとおり、完璧な家族なんてこの世にいないのだろう。家族の形はいろいろでいいのだと思うといろはは少し気が軽くなった。

でも、いつもは突き放すようなことを口にする縫介がこんな風に家族について熱心に語ってくれたのは意外だった。ひょっとしたら、ばらばらになってしまった自分の家族について考えていたのかもしれない。離婚して離れて暮らす両親はともかく、行方不明の兄のことを縫介はどう思っているのか。溝は相手がいなければその深さも距離も推しはかることができないのだ。

そこまで考えて、いろはは切ないような苦しいような気持ちに襲われた。底の見えない溝のほとりで立ちすくむ縫介の姿が急にくっきりと目に浮かんだからだ。

「無責任なのはいろはさんのいいところだと思いますよ」

いろはの胸のうちには気づかずに、縫介はちょっとからかうような口調になって云った。

「はい？」

「無責任に他人のしあわせを願えるのは美点だと云ってるんです。ここにくるお客さんに対してもそうですもんね。ぼくには到底できないけれど」

「あ、すみません」

ほめられているのか、けなされているのか、よく判らなくて反射的に謝ってしまう。皮肉かと思ったが違うみたいだった。

「そういうところがぼくにはちょっと……まぶしいです」

真顔でそんなことを云われると、どう返していいのか判らない。いろはははほんのり上気した頰を隠すように横を向き、何か別の話題を探そうと考えた。すると壁の空きスペースが目に入ってきた。

「そういえば、結局絵はもらえませんでしたね」

にじや質店を訪れた三姉妹に、壁に飾る絵を探していると云っていたのを咄嗟に思いだしたのだ。

「ああ、そうでしたね。でも三姉妹は大切な絵をすでに一枚手放しました。だからこれで利息はもういいんですよ」

「確かにそうですね」

三姉妹の手からわかばに渡ったスケッチ画。それがどんな絵だったのか見てみたかったな、といろはは思った。きっと数ある稲庭泰三の作品群の中でも、ひときわ愛情あるやさしい筆致で描かれていることだろう。

これから四人の娘たちがどうするか、いろはには知りようもなかったけれど、縫介が云うみたいに無責任でかまわないのなら、やっぱり自分はスケッチ画に込められた泰三の願いが叶ってくれたらいいと思う。

そしてそれは、もしかしたら遠くない未来のことなのかもしれないと、わかばが持っていた若葉色の小瓶の蓋に書かれた「希望」という二文字を思い浮かべながら、いろははひとり考えるのだった。

いつかの月の虹

教会の中にはマリアさまをかたどったステンドグラスからの淡い光が降りそそぎ、壇上に向かう花嫁のウエディングドレスの純白の長いすそに微妙なニュアンスを加えていく。花嫁の白が何色にも染まるという意味ならば、今の乙音はまだ何色にも染まらず、けれども天から与えられた祝福の光によって幅のある豊かな白色を身にまとっているようにいろはには見えた。

ひとくちに白色と呼ばれるものは一種類ではない。ホワイト、オフホワイト、アイボリー、乳白色、銀白色、真珠色、月白、白磁、卯《う》の花《はな》色……。

「乙音さん、ほんとうにきれい」

隣にいる縫介に小声でささやくと、ほほえみを浮かべて軽く頷き返した。

いろはと縫介は今日、乙音の結婚式に招かれてきているのだった。にじや質店で願いを叶えて以来、乙音には会っていなかった。だから結婚式にぜひおふたりで、と招待状をもらった時にはどうしようかと考えた。しかし式は教会式なので誰が列席しても自由とのこと、服装も平服でとあったので、せっかくだからとふたりで揃って参加させてもらうことにしたのだった。

いろはは少しはましに見えるようよそいきのワンピース姿で、縫介も礼服とまではいかないが一応スーツ姿で待ちあわせの場所に現れた。店の外で縫介と会うのにはじめは緊張気味のいろはだったが、教会に着き、しあわせそうな花嫁姿の乙音を見ているうちにだんだんとその緊張も解れていった。

相手の花婿さんはがっちりした体型で背も高く、頼りがいがありそうな男の人だった。けれども乙音を見つめるまなざしはとてもやさしそうで、強いだけではない印象を受けた。スタイルのよい乙音が横に立つと、ますますお似合いのふたりだといろはは思う。

式は滞りなく進んでいった。ふたりは神の御前で誓いの言葉を口にする。

「はい、誓います」

乙音の声に迷いはない。それと同じ声で、ひとつくらい嘘があっても神さまは許してくれるわよね、と云って昔の恋人の指輪をつけたまま堂々と帰っていったことを思いだす。神さまが許してくれたから、乙音はこの日を迎えることができたのだろう。

〈神は天にいまし　すべて世はこともなし〉

まさに教授の言葉どおりの日だ。

隣に立つ縫介の顔をいろはそっと窺う。こんなすてきな日にもこの人は、神さまはこの世にいないと云うだろうか……云わずにはいられないだろうか。

教会にいるすべての人々に天の祝福があればいいのに、といろはは祈らずにはいられなかった。

いよいよ指輪の交換だ。

乙音の左手の薬指に今度こそほんものの指輪がはめられていく。よかった、と心からほっとし、隣の縫介と目を合わせてほほえみあう。ふたりの未来は大丈夫だと、自分と同じように縫介も固く信じてくれているに違いない。そして乙音なら、このさき何色に染まるとしても、それは誰かから与えられた色ではなく、自分で選んだ色に染まっていくだろうと思うのだ。

式が終わると、教会の外では親族の写真撮影のあとに列席者が個々で写真を撮る時間が設けられていた。新郎新婦の友人や会社仲間らしい人々があらかた撮り終えると、はじめは遠慮していたいろはも一緒に写真を撮ってもらおうと花嫁に近づいた。

「あら、にじやの。きてくれたんですね、ありがとうございます」

ふたりに気づいた乙音がはずんだ声で迎えてくれた。

「おめでとうございます。すごくすてきな式でした」

「おめでとうございます。ぼくたちまで呼んでいただいて恐縮です」

遠慮がちに頭をさげる縫介に、乙音は小さく首をふる。

「そんな、あたり前です。こうして結婚できたのもおふたりのおかげですもの」

「いいえ、ぼくたちは別に……」

「おかげなの。ね」

ややも強引にしめくくると乙音はあでやかに笑った。ほんとうにきれいで屈託のない笑顔だった。

「指輪、見てもいいですか？」

いろはが訊ねると、「ええ、どうぞ」と云ってはめたばかりの結婚指輪を見せてくれた。

「ほんものよ」

「ですね」

女同士で顔を見あわせ、ふふ、と含み笑いをする。

「ぼくが写真を撮りましょう」

縫介がそう云いながらいろはの持ってきたカメラを手にさがっていく。乙音の横に並ぶと、しあわせのおすそわけをしてもらったような気分になった。その時、遠くから誰かの視線を感じた気がしていろはそちらに目をやった。教会の出入口である高い門の陰にいる男の人がこっちを見ているような気がしたのだ。誰だろう。乙音さん、と声をかけようとした瞬間、縫介の「撮りますよ」という合図が響き、慌ててカメラのほうを向いてにっこりと笑う。

念のためにともう一回シャッター音が鳴り、写真を撮り終えた時にはその人物はもういなかった。気のせいだったかな、と首をひねる。

「店長さんも一緒に撮ってもらいましょうよ」

乙音が云い、近くにいた知人に頼んでくれた。乙音を挟んで縫介といろはが並ぶ。

「さっきね、もらった祝電を入れていた箱にご祝儀袋がひとつ、いつの間にか混ざっていたんです」

横並びになる間に小声で乙音が云った。

「名前は書いてなかった。でも、要……昔の恋人ね、その人だと思うの」

「そうですか」

「お金は返らなくていいと思ってたんだけど、お祝いだしね、ありがたくもらっておくことにしたわ」

「それでいいと思いますよ」

うん、といろはも大きく頷きながら、それではさっきの男の人は要さんだったのかもしれないと思ったが、それを乙音に伝えるのはやめにした。そのほうがいいと思ったからだ。笑顔のあふれるこの場所を見つめる男の人はどこかさびしげで、けれども心から安心したようなほほえみを浮かべていた。乙音と要、それぞれが納得して選んだ未来に幸あれといろはは願うばかりだった。

撮りまーす、と大きな声が響き、カメラのレンズがきらりと光る。その光に向かって三人は、この日一番のとびきりの笑顔の花を咲かせた。


教会の帰り道、こんな風に縫介とふたりで歩くことがなかったからか、いろはは何となく別れがたい気持ちになっていた。かといって、どこに寄るという案も思いつかない。

「いろはさんはこれからどうしますか」

「そうですね……」

訊ねられても困ってしまう。やっぱり今日はこれで解散かな、と残念に思った時、ふとカフェ虹夜鳥の壁の空きスペースが思い浮かんだ。

「あの、店の壁にかける絵がないかって、縫介さん探してましたよね？」

「ああ、はい。稲庭泰三の絵はもらえませんでしたからね」

「そんなに有名な絵ではなさそうなんですけど……、ちょっといい絵があるんです。絵とはいっても銅版画で、前々からいいなあってわたし、気になってて。バイトをはじめる前は飾ってある画廊によく見にいってたんです」

「へえ、銅版画」

縫介も興味を持ってくれたみたいだった。

「はい。ほんとうは自分が欲しかったんですけど、画廊のショーウィンドウには何も表示してないので値段も誰の作品かも判らないんです。中に入って訊ねる勇気もなかなかなくて、毎日のように外から眺めてました。それでこの近くだったのを思いだして、そうしたらその絵が店の壁にぴったりかもしれないって閃いたんです」

「それはぼくも気になるな。じゃあちょっと寄ってみましょうか」

「ほんとうですか？」

「うん、せっかくだから」

はい、と元気よく返事してふたりで向かうことにした。

十分ほどで画廊に到着したが、ショーウィンドウにはいろはのお目あての銅版画は飾られていなかった。前に見てから時間も経ったことだし、売れてしまったのかと肩を落とす。

「そんなに気に入ってたの？」

気落ちするいろはを見て、縫介が心配そうに訊ねた。

「そのためにお金を貯めようとしてたくらいで……」

ひとり暮らしにお金が必要なのはもちろんだけれど、少しずつでもその中から貯めていつかその絵が買えたらいいな、といろははひそかに考えていたのだ。大学とバイトで忙しくなってからはつい足が遠のいてしまったけれど、その絵のことはいつも頭の片隅にあった。ひさしぶりに見られるとうきうきしていただけに落胆は大きく、さらにここまで縫介を引っぱってきてしまったのが申し訳ないという気持ちもあった。

「すみません、縫介さん」

「ぼくは別にいいんですよ。でも、残念でしたね」

「はい。実はわたし、前に一度だけ、思いきって中で見せてもらおうときたことがあって……」

画廊に入るのにお金を持っていないというのでは恥ずかしいと思い、その時は自分の手持ちのすべてである二万円を持って店の前まできた。その金額で買えるかどうかは正直判らなかったが、無名の作家であれば買えるかもしれないと考えたのだ。無理だったら値段だけ聞いて帰ろうとその時は思っていた。

「それで、もうちょっとで店の前ってところで、道端で知らない男の人に声をかけられたんです。財布を落として困っているからお金を貸してくれないかって……」

「で、貸しちゃったの？」

「……はい。悪い人には見えなかったし、それにほんとうに困っているように見えたから、つい。でも、寸借詐欺っていうんですよね、そういうの」

「うーん、まあ、一般的にはそうかな」

縫介がいろはを傷つけないように断言を避けているのはすぐに判った。他人から見れば絶対にそうだと思われるだろうという自覚はいろはにもあった。ただその時は不思議なものでそんな風には思わなかったのだ。その人が必ず返すからと約束し、名刺にメモ書きまでしていろはに渡してくれたからかもしれない。

「その渡してくれた名刺というのが、カフェ虹夜鳥の名刺だったんです」

「え？　ぼくの店の？」

さすがに驚いたように縫介が目を丸くする。

「はい。それも名刺を渡しながら、満月の夜にとりにきてくれないかって云ったんです。そうしたらお礼に願いごとを叶えますって。変なことを云う人だなあって思いました。それに、その夜のその店には『にじや』という質屋ののれんがかかっているけれど気にせず入ってください、場所はここで間違いありませんから、なんて」

「ますます不可解だね。あ、じゃあ、いろはさんが満月の夜ににじやにきたのって……」

「ごめんなさいっ、縫介さん」

いろはは勢いよく頭をさげた。こうなったら全部しゃべってしまおう。いつかは云わないといけないと思っていたのだ。

「そうなんです。わたしは何も知らずにいっただけだったんです。縫介さんにお客さんと間違われているのは途中で判ったんですけど、何だか云いそびれてしまって……。それに願いを叶えてくれるという話はほんとうにそうなのかと思って、長い間ずっと気になっていたお母さんとの鍵の秘密をしゃべってしまったんです。それで実際に願いが叶ってすごくうれしかったんですけど、縫介さんからバイトに誘われて箱のルールを教えてもらううちに、何の覚悟もなく願いを叶えてもらったことを後悔するようになりました。いつか謝らなくちゃと思っていてもどうしても勇気が出なくて……ごめんなさい」

そう云っていろははもう一度頭をさげた。

「ということは、あの時失くしてもいいと云ったのはその貸した二万円だったんですね？」

「はい。呆れちゃいますよね。そんなの、覚悟でも何でもなかったんですから」

「そうですか、うーん」

縫介が難しい顔をして黙りこんだので、いろはは恥ずかしくて身を縮めた。もしかして本格的に呆れ果てて、もうバイトにはこなくていいと云われてしまうのだろうか。そう考えると胃が痛い。そしていろはは、なぜ自分が早々に謝ることができなかったのかやっと判った。この件を話して縫介から軽蔑されることをもっとも自分はおそれていたのだ。

緊張してこわばったいろはの表情に気づくと、縫介は慌てたように云った。

「あ、いや。責めている訳ではないんですよ。ぼく自身、貸したものが返らなくてもいいと云ったいろはさんのあやふやな答えを了承したんですから。いつもならもっとくわしく訊く筈なのにどうしてかと自分に問いかけてみると、それってやっぱりいろはさんを信用したからだと思うんです。前にも云いましたよね、お母さんに頼まれた小さい頃の秘密を十三年間守り続けたという話を聞いて、この人は信頼できる人なのだろうとぼくは判断し、それが箱の鍵をあずける理由にもなった、と。でも、それだけじゃないんです。はじめて会った時にいろはさんがうち明けてくれたように、秘密を守りながらも心の底ではほんとうの理由を知りたいと願う気持ちに強く共感もしたのです」

「共感、ですか？」

「ええ。十三年は長いですからね」

縫介はそこで言葉を切り、遠くを見るまなざしになった。その年月を耳にして、いろはは教授から聞いた話を思いだした。

「もしかして……火事のことですか？」

「知ってたんですね」

「教授から少し話を聞いていました」

「そうですか」

一瞬目を見開いた縫介ではあるけれど、すぐにおだやかな表情にもどった。心から驚いているようには見えなかった。どこかで教授がいろはに話していることを予感していたのかもしれない。

「あの時ぼくは十二歳でした。そして今二十五歳です。いろはさんにはいろはさんの十三年があるように、ぼくにはぼくの十三年がありました。家が火事になり、兄が消え、家族はばらばらになりました。それにぼくは見てしまったんです。あの夜、両親と兄がはげしく云い争う姿を。火事はそのあと起きました。ぼくには何も判りません。でも拭っても拭いきれない疑念が常につきまとうようになりました。あの夜ほんとうは何があったのか、訊きたくても兄はいません。生きているかどうかも定かじゃない。どうしようもないまま時が過ぎ、おじいちゃんから箱を受け継いでぼくはにじや質店を開きました」

「……」

たんたんと語るからこそ縫介の抱えるつらさが伝わってきて、いろはただ黙って耳を傾けることしかできなかった。

「ぼくは自分の力で生きてきたと思っています。だから箱の力に頼りたくはありません。満月が近づくたびに抗えない誘惑と闘いながら、もしその誘惑に負けたとして、ぼくは自分が何を求めているのか判らないんです。あの夜の真実を知れば満足なのか、兄の消息を知れば満足なのか、それともあんなことが起こる前の平穏な日常に時間をさかのぼりたいのか……。それはもう、にじやで叶える願いの範疇《はんちゅう》を超えています。ぼくがぼくのためだけに、世界を反転させるようなことがあってはならない。でも時々そんなことを考えてしまう自分がおそろしくなる時があるんです……」

たまに自分を制御できなくなりそうな瞬間があると以前縫介は云っていた。それはこういうことだったのだ。いろはは心から納得し、あの時「世界征服」などとおもしろくもない冗談を口にしたと思っていたのが、あながち的はずれな表現ではなかったことを知った。それだけ縫介の中の闇は深いということなのか。

「ぼくのほうこそ、すみません。何だか自分のことばかりべらべらと……」

「いいえ」

「恥ずかしいです」

「そんなこと。縫介さんの話が聞けてうれしかったです」

「そうですか?」

「ええ」

いろはははほほえんだ。

「どうしてかな。いろはさんがほんとうのことを話してくれて、乙音さんの結婚式もあまりにしあわせそうだったので、ぼくもちょっと素直に話してみたくなったのかもしれません」

「お互いさまってことですか？」

「そうですね。そういうことにしておきましょうか」

そう云って、照れたように笑いあった。

「ぼくの身の上話はもういいでしょう。それよりいろはさんに店の名刺を渡したというのは妙ですね。しかもにじや質店のことを知っていた訳ですから」

「ええ」

「もしかして、これまでににじやにきたお客さんの中のひとりという可能性もあるのかな。それならぼくにも何か判るかもしれません。いろはさん、その名刺って今持っていますか？」

「あ、はい」

いつか偶然どこかで会った時の証拠にと、いろははもらった名刺を財布に入れて持ち歩いていた。縫介に訊かれ、急いでバッグから財布をとり出して名刺をひき抜く。そこには「間宮いろはさま」と名前が書いてあり、その下に「金2万円、必ず返金いたします」と丁寧な字で続いていた。いろはの名前があったのは、その人に教えてほしいと頼まれたからだ。

「これ……」

と云ったきり、縫介が黙りこむ。何か思いあたる節でもあったのだろうか。縫介が気にしてくれるのはありがたかったが、すでにお金は返らなくていいと箱に約束してしまったことだし、もし心あたりの人物がにじやの客だというのなら、それ以上追及するのはいろはの本意ではなかった。

「縫介さん、わたしはもう」

「いや……この2の数字が……」

「どうかしたんですか?」

あまりに真剣な顔つきなので心配になって問うと、縫介は自分の考えをふり払うみたいに一回首をふり、勘違いかな、ととり繕うように笑った。そしてここに書かれた2の数字が斜体で、銀行数字またはそろばん数字と呼ばれる金融関係の人に特徴のある書きかたであることをいろはに説明した。

「おじいちゃんがこの数字を使っていたからぼくたちもよく真似していたんですよ。だからひょっとしたらって思ったんですけど、この数字を書く人はたまに見かけますし、たったこれだけのことで個人を特定できる訳がないですもんね」

軽い感じで云ってはいるが、ぼくたち、と縫介が指すもうひとりの人物が兄であることは明らかだった。

「嫌だな、ぼくも、今話したばかりだから安易につなげてしまったみたいです。それによく考えてみれば寸借詐欺なんてする人物が兄さんだなんて思いたくもない。もし生きていたとしても、何やってるんだって話ですよね」

「……」

いろはちょっと困ったように口角をわずかにあげてみせた。縫介が兄に会いたいという願いだけがひしひしと伝わってくる。それに対して自分がどう答えるべきか、どう答えれば縫介の気持ちが少しでも軽くなるのか、判らないことがもどかしかった。

気をとり直すように縫介が云った。

「さてと。じゃあ、中に入ってみましょうか」

「え?」

「ほんとうにその絵が売れてしまったのか、お店の人に確かめるんですよ」

「でも……」

一度は中に入ろうと決意した場所だが、画廊の静かで高級そうな雰囲気に思わず尻込みしてしまう。そんないろはの手をとり少々強引に引っぱりながら、縫介は画廊のドアに手をかけた。

「いいから、ともかく中に入りましょう」


画廊の中に一歩入ると、外界の音が遮断され遠のいた。通りに面している店のため完全に消えた訳ではないのだけれど、絵のある空間というのは美術館などもそうだが、ふっと雑音から解放される瞬間がある。近づいてきた女性スタッフの足音もほとんど聞こえなかった。

「いらっしゃいませ。何かお探しのものがおありですか？」

丁寧な口調で訊ねてこられても、いろはは学生の自分がこんなところにいるのがひどく場違いに思えて反射的に目を伏せてしまった。うつむいた視線の先に縫介に握られたままの自分の右手があることに気づき、ひどくうろたえる。

「ええ。彼女の提案で以前こちらで飾られていた絵を見にきたんですけど、ショーウィンドウには見あたらなくて。こちらにまだあるのか、それとも売れてしまったのか、調べていただきたいのですが」

縫介はやわらかい笑みを浮かべながら流れるように答えた。まったく堂々としたものだといろはは感心した。結婚式帰りのスーツ姿なので、ますます違和感なく溶けこんでいる。

「かしこまりました。いつ頃展示していた、どういった作品でしたでしょうか？」

「どうでしょう？　いろはさん」

縫介に覗きこまれ、いろはは慌てて顔をあげ前に進みでた。

「えーと……」

あれは大学に入ってすぐの頃だから春には違いない。偶然通りかかって見つけたのだが、モノクロのうつくしい作品に目を奪われた。繊細な曲線や円で構成された抽象画のようなものだったと思うけれど、モチーフが何であるかと問われるとそこまでは判らず、説明が難しかった。

しどろもどろで何とか銅版画の特徴を伝えようといろはがしゃべりはじめた時、奥から画廊のオーナーらしき初老の男性が出てきて声をかけた。

「失礼ですが、お客さま。もしかして、間宮さまではございませんか？　間宮いろはさま」

「え、ええ」

戸惑いながらも返事をするいろはだったが、どうしてオーナーが自分の名前を知っているのか意味が判らない。その顔に見覚えはなく、初対面だと思うのだが。

「やっぱり、そうでしたか。ああ、よかった。ずっといらっしゃらなかったから、どうしたものかと思案していたところです」

「はあ」

「半年ほど前までは、よくおいででしたよね。うちの店のショーウィンドウをよく眺めてらした。わたし、お客さまの記憶だけは自信があるのですよ」

にこやかに笑うオーナーに、まさか店の中から見られていたとは気づかずにいろはは驚いた。でもひそかに観察されていたとはいえ、直接話したことのないオーナーがなぜ自分の名前を知っているのか、いろはには皆目見当もつかなかった。

「あの、どうしてわたしの名前を？」

「ああ、これは失礼いたしました。順番にご説明しなくてはいけませんね。そうですね……少々お待ちいただけますか」

「あ、はい」

再び奥へと消えていくオーナーを目で追いつつ、いろはと縫介は無言で顔を見あわせ首をひねった。

すぐにもどってきたオーナーの手にはあの銅版画があった。

「これを問宮さまに渡すよう、作者のかたからあずかっておりまして」

「わたしに？　何かの間違いじゃあ……」

「いいえ。代金はすでにいただいている、足りないぶんは迷惑をかけたお詫びだそうですよ」

足りないも何もいろははこの銅版画の値段を知らないのだ。試しに訊ねてもとても学生の分際で買えるような額ではなかった。もちろん、代金の一部を支払った覚えもない。そもそも画廊に足を踏みいれたのは今日がはじめてなのだ。前は入る寸前で呼びとめられ、用意していたお金を知らない人に貸してしまったのだから……と、そこまで考えてはっとする。

まさか、あの寸借詐欺の人物が？

縫介に意見を訊こうと隣に目をやると、こちらに向けられた銅版画を食い入るように見つめていた。こわいくらい真剣な表情だ。やがて縫介の口から呆然とした声が漏れた。

「……月、と、虹……」

よくご存じですね、とオーナーが感心したように云った。

「新進気鋭の画家ＲＹＯの人気シリーズ『月の虹』のエッチング技法による銅版画のひとつですよ」

云われてみれば、にじやの店の由来を聞くまではただの抽象画のように感じていた意味をなさない曲線や円の集合体が、今見ると月の光でできた幻想的な虹を意味していたことが判る。そうか、これは月虹をモチーフにした作品だったのだといろはにもやっと理解できた。

「……生きていたんだ」

縫介が放心したようにひとこと呟いた。

「りょう……すけ、さん？」

ＲＹＯとは綾介のことなのか、返事を聞かなくても隣の縫介の状態を見ればそうとしか考えられなかった。いろはは混乱しながら必死で頭の中をまとめようとする。寸借詐欺だと思っていた人物が銅版画の作者ＲＹＯ、で、縫介の兄の綾介だった。そして自分は綾介に名刺を渡されにじや質店におもむいた。これはただの偶然か？いいや、いくら何でもそんなことはありえない。

「間宮さまがショーウィンドウのＲＹＯの作品を毎日のように眺めにこられていた時に、ご本人がこちらにいらしたことがあったんですよ。それでわたし、熱心なフアンがいらっしゃいますよと耳打ちして。それでＲＹＯさんも大変よろこばれたんでしょうねえ、いつの間にか間宮さまとお知りあいになられて、サプライズで作品をプレゼントしようとされたくらいですものね」

　そう単純な話でもないのだけれど、複雑な胸のうちを抱えながらそれぞれ黙りこむふたりをよそに、オーナーだけがにこにことうれしそうに笑っていた。


　それから数日が経ち、ＲＹＯについて調べようとした縫介といろはだったが、経歴不詳の謎の多い画家らしく連絡をとる手段を見つけることができなかった。あの画廊のオーナーも、はじめ持ち込みに近い形で本人が作品を置いていき、いろはにゆずるよう依頼してからは連絡がつかないのだと云った。

　わざわざ素性を隠してこんな手の込んだことをして、いろはを通じて縫介と綾介がつながる確率なんてほとんどなかったに違いない。いろはが綾介の話を嘘だと決めつけて、にじや質店を訪れなかったことだっておおいに考えられるのだ。

　それでもどこかで縫介に自分の存在を知ってもらいたくて、せめて生きていることを伝えたくて、綾介はその少ない可能性に望みを託したのだろう。

　もしはじめに自分が縫介に名刺を見せていれば……と、いろはは考えずにはいられない。

正直に「お金を返してもらいにきたんですけど、こんな人物を知りませんか」と訊ねていれば、名刺の文字といろはが説明する年恰好や顔の特徴で縫介はぴんときたかもしれない。そしてまさかと半信半疑ながらでも、いろはから名刺を渡された場所を訊きだしてひとりで画廊の前まで捜しにいき、ショーウィンドウに飾られた銅版画を発見して確信を得られたのかもしれない。そうしたらもっとはやくに綾介の存在を知ることができた筈なのだ。

わたしが黙っていたばっかりに。

「すべて仮定の話ですよ」

反省するいろはに縫介はそう云って笑った。

「どんな道すじをたどったのであれ、ぼくたちは兄さんの絵にいき着いた。それ自体はとても意義深いことだと思いますけどね。それにいろはさんが黙っていてくれたおかげで、ここのバイトや箱の鍵をあずかる役をお願いすることができた。まさか兄さんもいろはさんがにじやのバイトになっているとは思わなかったでしょう」

「まあ、そうですよね」

いろはは仕方なく苦笑いする。

「そしてこの絵が今ここにあるのも、いろはさんが一緒にいてくれたからだってぼくは感謝しているんですよ」

「そんな……。もともとわたしがもらうべきものじゃなかっただけです。この絵はここにくる運命だったんですよ」

カフェ虹夜鳥の壁に飾られた綾介の絵をふたりはじっと見つめた。

「夢を……叶えたんですよね、兄さん」

「ん？」

「絵の道に進みたいと云っていましたから。そのことで両親とはよくもめていて……あの夜の諍《いさか》いも、たぶんそうだったと記憶しています」

縫介の表情がふっとかげる。

「こんな風に隠れて会いにこられないなんて、やっぱり兄さんにはぼくに会えないようなやましい理由があるのかもしれませんね」

そうかもしれないし、そうじゃないかもしれない。

それは誰にも判らない、本人にしか判らないことだった。

「だったら訊いてみたらいいじゃないですか」

「？」

「いつか会えたらお兄さんに直接訊ねてみるんです。そうすればすべてはっきりします」

「会えますかね？」

「会えますよ」

いろはは自信を持って答えた。

「だって、生きている。そうでしょう？」

生きてさえいれば、必ず会える筈だといろはは信じている。だから縫介にも信じてほしかった。いつか月の虹に会いにいきたいと縫介は云った。それは今は無理だけれど、叶わない願いではない。見えないだけで月の虹はこの世界のどこかにある。

それは綾介も同じなのだ。

「不思議ですね。いろはさんにそう云われると、そんな気がしてきます」

「わたしは無責任ですから」

いろはがいたずらっぽく笑うと、

「責任、とってくださいね」

すました顔で返された。

「……判りました」

ちょっと困り顔で答えるいろはをおもしろそうに目を細めて見つめながら、縫介は窓から夕闇せまる空を見あげた。空が色を変え、少しずつ冷えて夜が近づいてくる。澄んだ風が肌に心地よかった。

「今夜もいい満月になりそうですね」

「ええ」

いろはが準備のために立ちあがりかけると、縫介が手でやんわりと制した。

「その前に、あたたかいカフェオレでもいかがです？」

「いただきます」

にっこり笑っていろはは素直に椅子に座り直した。縫介もほほえみ、ゆっくりと丁寧にカフェオレを淹れていく。

この時間が好きだ、といろはは思う。永遠に続いてくれてもいいくらいだけど、そうしてばかりもいられない。

やさしい味のカフェオレであたたまったら、店先にのれんを出そう。どうしても叶えたい想いと覚悟を胸に秘めた客のためだけにひっそりと開く質屋、にじやののれんを。

今宵の満月も誰かの願いが叶いますように。

この作品は書き下ろしです。

想いであずかり処　にじや質店

片島麦子

2019年　4月　5日　第1刷発行

発行者　千葉　均
発行所　株式会社ポプラ社
〒一〇二-八五一九　東京都千代田区麹町四-二-六
電　話　〇三-五八七七-八一〇九(営業)
　　　　〇三-五八七七-八一一二(編集)
ホームページ　www.poplar.co.jp
フォーマットデザイン　緒方修一
組版・校閲　株式会社鷗来堂
印刷・製本　凸版印刷株式会社

N.D.C.913/281p/15cm
ISBN978-4-591-16287-3

P8101378

活版印刷三日月堂
星たちの栞

ほしおさなえ

川越の街の片隅に佇む、昔ながらの活版印刷所・三日月堂。店主が亡くなり長らく空き家になっていたが、孫娘・弓子が営業を再開する。三日月堂にはさまざまな悩みを抱えたお客が訪れ、活字と言葉の温かみによって心が解きほぐされていくのだが、弓子もどうやら事情を抱えているようで——。

ポプラ文庫好評既刊

あずかりやさん

大山淳子

「一日百円で、どんなものでも預かります」。東京の下町にある商店街のはじでひっそりと営業する「あずかりやさん」。店を訪れる客たちは、さまざまな事情を抱えて「あるもの」を預けようとするのだが……。「猫弁」シリーズで大人気の著者が紡ぐ、ほっこり温かな人情物語。

ポプラ文庫好評既刊

クローバー・レイン

大崎 梢

大手出版社に勤める彰彦は、落ち目の作家の素晴らしい原稿を手にして、本にしたいと願う。けれど会社では企画にGOサインが出ない。いくつものハードルを越え、彰彦は本を届けるために奔走する――。本にかかわる人たちのまっすぐな思いに胸が熱くなる物語。

解説／宮下奈都

ポプラ文庫好評既刊

初恋料理教室

藤野恵美

京都の路地に佇む大正時代の町屋長屋。どこか謎めいた老婦人が営む「男子限定」の料理教室には、恋に奥手な建築家の卵に性別不詳の大学生、昔気質の職人など、事情を抱える生徒が集う。人々との繋がりとおいしい料理が、心の空腹を温かく満たす連作短編集。特製レシピも収録！